「何を騒いでいる」
エゼキエル侯爵令息
サディアス公爵令息
ユリエル王太子殿下

「エメライン。私は貴女を、心から、愛している」
エメライン公爵令嬢

「愛している。初めて出会ったあの日から、
ずっと、ずっと貴女だけを愛している」

アレクシス皇太子
「無礼が過ぎるぞ、皇太子!!」

Awayuki 淡雪 Illust. TCB
悪役令嬢だと言われたので、
殿下のために婚約解消を目指します!

# CONTENTS


第１章　吝《やぶさ》かではありませんわ！ …… P007

第２章　全力で応援ってなんだ …… P033

第３章　思いどおりにはいかない …… P044

第４章　卒業パーティー …… P058

第５章　ハッピーエンド？ …… P073

第６章　ユリエルはいろいろと苦労している …… P086

第７章　カトリーナ・ダニングの奮闘 …… P107

第８章　結婚式 …… P142

第９章　忍び寄る手 …… P165

第10章　邂逅 …… P192

第11章　王家と聖女 …… P210

第12章　ユリエルの能力 …… P220

第13章　化かし合い …… P246

第14章　『王太子妃』のお仕事 …… P254

第15章　手紙と手記とカトリーナ …… P274


I've been told I'm a villainous lady,
so I'm trying to break off my engagement for His Highness' sake!


Illust: TCB／Design：寺田鷹樹（GROFAL）

# 第1章　吝《やぶさ》かではありませんわ！

「ヒロインは私よ！　悪役令嬢のあなたになんか王太子様は渡さないんだから！」

生徒で賑《にぎ》わうカフェテリアで昼食後のティータイムを満喫していたわたくし、エメライン・エラ・アークライトを指差して、一週間程前に編入してきたばかりのカトリーナ・ダニング男爵令嬢が、そう宣言なさいました。

ヒロイン？

悪役令嬢？

どういう意味なのかしら？

「ユリエル様が愛しているのは私なのに、あなたが父親の権力を使って無理やり婚約者になったのはわかってるんだから！　なんて卑劣なの！」

あんなに賑わっていたはずのカフェテリアは、水を打ったようにしんと静まり返っています。誰もがこちらを注視していらっしゃるのに、誰一人として声をお出しになりません。

ええと、ちょっと待ってくださるかしら？

いろいろとツッコミが追いつきませんわ。

まず何から正せばいいのかしら。

「あなた！　畏れ多くも王太子殿下の御名を口にするなんて、なんて無礼なの！」

そうね、まずはそこからよね。

殿下よりご許可をいただけないかぎり、軽々しくお呼びしてはいけないのよ。

シルヴィア・アン・エントウィッスル公爵令嬢の尤《もっと》もなご指摘に、思わず心の中で深く頷《うなず》いてしまいましたわ。

「愛されてる私がユリエル様の名前を呼ぶのは当たり前じゃない！」

まあ。そうなの？　殿下がお許しに？　まあ……では仕方ありませんわね。殿下がお決めになったことならば、わたくしからは何も申せません。

「愛されているですって？　妄言も甚《はなは》だしい」

静かに、けれどよく通るお声で叱責《しっせき》なさったのは、セラフィーナ・シフ・フェアファクス侯爵令嬢です。

「あなた、男爵家のご令嬢でしたわね。エメライン様はアークライト公爵家のご令嬢で、あなたよりもずっと高貴なお血筋でいらっしゃるのよ。そんな方に暴言を吐くとは、ダニング男爵家はいったいどんな教育を施されたのかしら」

「ほら！　そうやって権力を振りかざすのね！　血筋が何よ！　平民出身だからって馬鹿にされる

筋合いはないわ！　身分なんて関係ない！」

「ダニング男爵令嬢。貴族の末端に籍を置くあなたが身分を蔑《ないがし》ろにすることは許されませんよ」

「血筋しか誇れるものがないからって、浅ましいのはどっちよ！　あなたたちのような性悪女を婚約者に据《す》えられて、サディアス様もエゼキエル様も可哀想《かわいそう》！」

サディアス・エスト・フランクリン・ファーン・グリフィス侯爵令息。エゼキエル・ファーン・グリフィス侯爵令息。共に王太子殿下のご側近で、フランクリン様はシルヴィア様の、グリフィス様はセラフィーナ様のご婚約者様でいらっしゃいます。

殿下に続いてお二人のご婚約者様のファーストネームを口にされるとは露程も思わず、わたくしは淑女《しゅくじょ》らしからぬぎょっとした視線をシルヴィア様とセラフィーナ様に滑《すべ》らせてしまいました。

ああ、わたくしもまだまだですわね。感情を面《おもて》に出さないようにと、幼い頃から妃《きさき》教育を受けてきた身だというのに。なんと情けない。

「わたくしの婚約者のファーストネームを、何故《なぜ》あなたが勝手に呼んでいるのかしら」

「不愉快だわ」

「お生憎様《あいにくさま》！　サディアス様もエゼキエル様も、私に呼んでほしいって言ったのよ」

「そんなはずありませんわ」

「あなたのような常識を身に付けておられない方に、ファーストネームをお許しになるはずがないわ」

「酷《ひど》い！　言い掛かりはやめて！　ユリエル様もサディアス様もエゼキエル様も私を大切にしてくれるからって、私に嫌がらせをするなんて酷いわ！　そんな性格だから愛想を尽かされたんじゃない！」

果たして酷いのはどちらなのか。カトリーナ様はご自身が何を踏み抜いたのか自覚がおありなのかしら。

さて、困りましたわね。衆目がある中で騒ぎを起こすなど、淑女としてあるまじき事態です。このままでは殿下方のご迷惑になるだけでなく、シルヴィア様やセラフィーナ様の不名誉にもなってしまいます。

しかし、困ったことにあながちすべてを否定はできないのです。

教会が聖女と認定したカトリーナ様が、学園に編入されたのは王家の意向があったからですし、ダニング男爵の庶子で平民だったカトリーナ様を、殿下方が庇護《ひご》していらっしゃるのも事実なのです。貴族社会に不慣れなカトリーナ様に寄り添い、少しずつお教えしているのだと以前殿下よりお話がありました。

わたくしたちにカトリーナ様の教育を任せていただけなかったのは残念ですが、わたくしなどでは推し量れない理由がおありなのだと思います。カトリーナ様が殿下のファーストネームをお呼びしていることも、きっと不慣れな場所で頑張っておられるカトリーナ様を慮《おもんぱか》って、殿下がお許しになったのでしょう。殿下がお決めになったことです。わたくしの感情など些末《さまつ》なこと。

殿下とわたくしが婚約を結んだのは、互いが六つの頃でした。宰相である父に、国王陛下から打診があったのだと伺《うかが》っております。初めてお会いした殿下は、ダブグレーの髪とアメジストの瞳をした、とてもお美しく、お優しい方でした。

恋心というものは、殿下にもわたくしにも芽生えてはおりません。言うなれば兄妹《きょうだい》のように育った幼馴染《おさななじ》み、でしょうか。もちろん愛情はございますが、それは決して恋い焦《こ》がれるようなものではございません。

もし本当にカトリーナ様の仰《おっしゃ》るように殿下が彼女を心から愛していらっしゃるのなら、陛下やお父様にご報告し、良いように取り計らっていただかなくては。政治的思惑《おもわく》で交わされた婚約ですが、殿下のお心に寄り添えるお相手を選ぶべきだと思うのです。

確かに殿下は、カトリーナ様と共にいらっしゃるお姿をよくお見かけします。いつも楽しそうに談笑しておられるので、とても良いご関係を築けているのだと傍目《はため》からもよくわかります。

つい先日には、お二人が街で会われているお姿を通りかかった馬車から拝見しました。仲睦《なかむつ》まじいご様子から、平民の間で流行《はや》っているという、デートなるものをされていたのかもしれません。一緒に目撃した侍女が何やら焦《あせ》った様子でわたくしを励《はげ》ましてくれていましたが、あれはいったい何だったのかしら。

ああ、話が逸《そ》れてしまいましたわね。

とにかく、カトリーナ様が仰ったことは、日頃のお二人のご様子から察するに、本当のことなのでしょう。殿下はカトリーナ様を愛していらっしゃる。ならばわたくしは、殿下のお為に潔《いさぎよ》く身を引かねばなりません。

そうなりましたら、わたくしは王妃教育を継続する必要もなくなります。少し寂しく感じてしまいますけれど、こればかりは仕方ありませんわ。敬愛する殿下の幸せを祝って差し上げなくては。

でも――。

はしたなくも、ふるりと肩を震わせてしまいます。

実はわたくし……ずっとずっとやってみたいことがありましたの！

再来年には王太子妃になる予定だったので、相応《ふさわ》しくないと諦めていた夢があるのです。カトリーナ様が王太子妃となられるならば、わたくしはお役御免です。ならば、諦めていた夢を追いかけても良いのではないかしら！

そうね、まずはお父様とお兄様のお帰りをお待ちして、殿下とカトリーナ様のことをご相談しなきゃ。早々に婚約を解消していただき、ずっと言えなかった夢を、隣国ラステーリアへ遊学したいと申し出なくては。

ラステーリアは魔工学に優れた国です。我が国ヴェスタースでは女の身で魔工学を好むのは、はしたないとされていますが、ラステーリアは女性も偏見なく受け入れています。幼い頃に訪れたラステーリアで、街に溢《あふ》れる魔法機器に圧倒され、その技術の美しさに憧《あこが》れを抱いたのです。わたくしも、その素晴らしさに触れたい、と。

それが叶《かな》うかもしれない――そう思うと、歓喜に打ち震えてしまいそうです。

「ちょっと！　聞いてるの⁉」

突如、目の前のテーブルを激しく叩《たた》かれ、明後日《あさって》に意識を飛ばしていたわたくしはびくりと肩を揺らしてしまいました。テーブルを叩いたのは、ホリゾンブルーの愛らしい瞳を怒りに吊《つ》り上《あ》げたカトリーナ様です。

嫌ですわ、わたくしったら人前で呆《ほう》けるなどみっともない。叱責されて当然ですわね。

「さっきから一言も話さないけど、私のこと無視して馬鹿にしてるのね！」

え。どうしてそう曲解なさったのかしら。いえ、そうね。無視したと思われても仕方ない態度をわたくしは取っているわ。だってカトリーナ様のお話を聞いていなかったもの。本当に失礼だわ。

でも、一言お伝えしなくてはいけないわね。これからのカトリーナ様に必要なことよ。

「申し訳ありません。そのようなつもりではなかったのですが、聞いておりませんでしたわ」

「はあ⁉　やっぱり馬鹿にして！」

「いえ、そうではなく。あの、カトリーナ様。淑女たる者、そう声を荒らげるものではございませんわ。感情をあらわにするのははしたないことであると――」

「酷い！　ユリエル様に愛されてる私が憎いからって、そんな酷いことを言うなんて！」

「え？　いえ、あの」

「どうして私を責めるの⁉　ユリエル様があなたを嫌っているのは私のせいじゃないわ！」

まあ……殿下が、わたくしを嫌って……？

それは初耳ですわ……そう、そうだったのね。わたくしは、そんなことにさえちっとも気づかずに、殿下のお心を乱していましたのね。なんと不敬な……。

「いい加減になさって。それ以上の暴言は我慢なりませんわ」

ああ、シルヴィア様。いいのです。わたくしが至らないばかりに、お優しい殿下はずっと苦しんでおられたのですもの。嫌われてしまった理由にさっぱり心当たりはございませんが、それはわたくしに察する能力が欠如していたからに違いありません。

ですからそのように、ウィスタリアの美しい瞳を剣呑《けんのん》に細めないでくださいませ。わたくしは柔《やわ》らかく揺れる、いつもの輝きがとても好きですわ。

「あなたたちが私に暴言を吐いているのに、また私のせいにするのね……！」

「言い掛かりも大概に――」

「何を騒いでいる」

カフェテリアに現れたのは、サディアス・エスト・フランクリン公爵令息とエゼキエル・ファーン・グリフィス侯爵令息をお連れした、ユリエル・アイヴィー・ヴェスタース王太子殿下です。

わたくしを筆頭に、シルヴィア様やセラフィーナ様、カフェテリアにいらっしゃる生徒の皆様がそれぞれ殿下へご挨拶をします。ところが。

「ユリエル様ぁ！」

視界の端をアンバーの髪色が流れていきました。

カトリーナ様が殿下へ駆け寄り、腕に抱きついたのです。わたくしは驚きのあまりつい凝視してしまいました。

淑女たる者、人前で殿方《とのがた》に触れるなどあってはなりません。ましてや抱きつくなど以《もっ》ての外《はか》。殿下は本当にカトリーナ様に淑女教育をされていらっしゃるのかしら。ああ、いけないわ。そんなことを考えてはだめよ。殿下のなさることにわたくしが口を出してはいけないわ。

「エメライン様が私を責めるのです！　酷いことをたくさん言われました！」

……はい？

「なに？　それは本当なのか、エメライン」

いいえ。寝耳に水です、殿下。

「本当です！　ユリエル様は私の言うことが信じられないんですか？」

「いや、そういうことではない」

「じゃあ慰《なぐさ》めてください。今日も教会まで送ってくださいね？」

「ああ、そうしよう。……エメライン。あとで王宮へ来るように」

「承知致しました」

ちらりとわたくしに冷えた視線を寄越したあと、殿下はカトリーナ様を伴ってカフェテリアを去っていかれました。

お叱りを頂くことになるのかしら……。わたくしはカトリーナ様を責めるようなことは何も言っておりませんが、余計なことを口にしてしまったのかもしれませんね。わたくしにどのような意図があろうとも、カトリーナ様が責められていると感じてしまったのなら、それは真実わたくしが責め立てたことになってしまうのでしょう。

言い方が悪かったのかもしれませんわね。言葉って難しいです……。カトリーナ様を深く傷つけてしまいました。なんと愚かな真似《まね》を。

きっと殿下は失望なさったのね。申し開きのしようがありませんわ。その流れで婚約解消を打診されるかもしれません。これまで王妃教育を施してくださった王妃様や先生方に申し訳ありませんわ……。

いえ、これは逆によい機会かもしれませんわね？　お父様もお兄様も王宮にいらっしゃるだろうし、鉄は熱いうちに打てと言いますし、婚約解消を進めていただくべきだわ。あら、意味が違ったかしら？　まあいいわ。

「アークライト嬢」

「はい、フランクリン様」

「あまり目立たぬよう忠告させていただく」

フランクリン様が、ウィローグリーンの瞳を細めてそう苦言を呈《てい》されました。

ああ、やはり傍から見ればわたくしの物言いはカトリーナ様を傷つけるものでしたのね。なんてこと！

「申し訳ございません」

「サディアス様！　エメライン様はっ」

「シルヴィア。君も大人しくしていろ。余計な真似はするな」

「な……！」

「セラフィーナ。お前もだ」

ああ、なんてこと……。

わたくしが至らないばかりに、シルヴィア様だけでなくセラフィーナ様までお小言を頂戴《ちょうだい》してしまいましたわ。

グリフィス様は怜悧《れいり》なシャルトルーズグリーンの瞳でセラフィーナ様をひたと見据《みす》えておられ

ます。

セラフィーナ様も負けじとジョンブリアンの瞳を細めました。

「……エゼキエル様。納得いきませんわ」

「理解は求めていない。カトリーナに構うな」

セラフィーナ様の、ひゅっと息を呑《の》む音がやけに耳に残ります。カトリーナと、呼び捨てになさいますのね……婚約者であるセラフィーナ様の前で。

ご令嬢をファーストネームで呼べるのは、家族以外では婚約者だけ。グリフィス様がカトリーナ様をそうお呼びになった。聞いておられたのに咎《とが》めないということは、きっとフランクリン様も〝カトリーナ〟とお呼びしているのでしょう。そしてきっと、殿下も。

「……なんてこと」

「忠告はしたからな。では失礼する」

蒼白《そうはく》になったシルヴィア様とセラフィーナ様をその場に残して、お二人は殿下とカトリーナ様が去った方へ向かわれました。

カフェテリアはしんと静まり返ったまま、誰もが口を噤《つぐ》んでいます。そろりと視線は動いているようですが、こちらに配慮なさっているのでしょう、微動だにされません。

わたくしは良いのですが、お二人は……。

貴族の婚約など、殿下とわたくしのように政略のために行われるものです。けれどシルヴィア様とセラフィーナ様は、始まりは家の利益を求めた婚約であっても、婚約者様ととても素晴らしい関係を築いておられました。互いを尊重《そんちょう》し、慈《いつく》しみ、そして何より愛し合っていらっしゃった。そんなフランクリン様とグリフィス様が、シルヴィア様とセラフィーナ様にあのような物言いをなさるなんて信じられません。

「シルヴィア様、セラフィーナ様……」

お二人の青褪《あおざ》めた顔色は戻ることなく、カフェテリアは仄暗《ほのぐら》い空気に沈んだまま、物音ひとつしませんでした。

◇◇◇

カフェテリアでの騒動は、確実にシルヴィア様とセラフィーナ様のお心を傷つけてしまいました。もう少しわたくしが上手《うま》く対処できていれば、お二人が婚約者様方に叱責されてしまうこともなかったのにと、そればかりが悔やまれてなりません。

しかしフランクリン様もグリフィス様も、あんなに愛しておられたお二人にどうして――。

「エメライン」

王宮へ赴《おもむ》いたわたくしは、早速お父様とお兄様へ取り次ぎをお願いして客室でお待ちしていました。そこへいらっしゃったのはお父様でもお兄様でもなく、殿下でした。

「殿下」

カーテシーでお迎えすれば、殿下は座るようにと促《うなが》されます。王宮へ来るようにとのことでしたが、陛下やお父様に話される前に、わたくしにご決意をお話ししてくださるのでしょうか。殿下はやはりとても誠実な方です。

「エメライン。今日のカフェテリアでの話を聞きたい。ダニング嬢が言っていたことは本当か？」

「わたくしが責め立てた、というお話でしょうか？」

「ああ。どうなんだ」

「少々誤解があったようです。カトリーナ様は大層怒っていらっしゃって、あの方が何に対してお怒りなのかきちんと把握できなかったわたくしに、さらに苛立《いらだ》ってしまわれたようで……」

「貴女《あなた》が酷く責め立てたとは？」

「そこなのですが、わたくしは声を荒らげないよう一言申し上げただけなのです。けれど上手く伝えられなかったわたくしの落ち度であることは間違いありません」

「なるほど」

殿下は顎に指をかけ、何やら思案しておいでです。

いつ拝見してもすらりと長い指は繊細で、伏し目がちに落とされたアメジストの瞳に長い睫毛《まつげ》が濃い影を作っています。三ヵ月前に十八歳になられた殿下は、その美貌により一層の輝きを纏《まと》っておられます。

長年お側《そば》にいるわたくしなどからすれば、贅沢《ぜいたく》にも見慣れた美しさですが、わたくしという婚約者がいる現在も他国の姫君から婚姻を強く熱望される麗《うるわ》しい殿方です。

「――エメライン」

「はい、殿下」

「これから少々騒がしくなるが、貴女は今までどおり控えているように」

「控えて……」

「問題が？」

「いえ……」

現状維持をご希望されるなんて思わなかった。何よりも大切な方を見つけられたのに、わたくしとの婚約解消はなさらないのかしら？　わたくしはいつでもお応《こた》えできますのに。

そんな疑問が顔に出てしまったのか、殿下の整《ととの》った眉が僅かに中央に寄りました。

「エメライン。何を考えている？」

「特には」

「エメライン」

こうなっては話すまで絶対に引かないのが殿下です。けれどわたくしから申し上げてもよろしいのかしら。

「エメライン」

「……はい。では申し上げます。本日王宮へお呼びになったのは、婚約を解消されるためではないのですか？」

「……は？」


あら。虚を衝《つ》かれたようなキョトンとしたお顔をされてますわね。なんて珍しい。けれどそんなに驚くようなことを言ったかしら？　――ああ、すでにわたくしが殿下のお心を察していたことに驚かれたのね。なるほど、納得ですわ。

「エメライン？　何を言っている？」

「え？　言葉のとおりでございますが」

「いや、ちょっと待ってくれ。何がどうなってそんな結論に――いや、心当たりはあるが、でもだからって急にそんな」

「殿下？」

何やらぶつぶつと額を押さえ俯《うつむ》いたまま口にされていますが、どうされたのでしょう？　――あっ、やはりわたくしから切り出すのははしたなかったですわよね⁉

「申し訳ありません、殿下。お心を察して待つべきでしたのに、無作法を働いてしまいました」

「え？　ああ、いや」

「しかし口にしてしまったものはなかったことにできませんので、このままお話を進めてしまいますわね」

「え？　どういうこと？」

「ご安心を、殿下。このエメライン、殿下のお心を理解しておりましてよ」

「うん、いやちょっと待って。絶対なにか勘違いしてる」

「先程父と兄にお時間を頂きたいと取り次いで頂きましたの。お話は父と兄が揃《そろ》ってからと思っておりましたが、この際です。陛下に謁見《えっけん》を求めましょう」

「陛下に？　ちょっと待った。貴女は何を話そうとしている？」

殿下の顔色がさっと変わりました。確かに性急すぎたかもしれません。わたくしったら、ラステーリアへ遊学できるかもしれないと思ったら居ても立ってもいられずつい……せっかちにも程がありますわよね。だってまだお父様にお許しを頂けてもいないのに。

「そうですわよね、わたくしったら……気ばかり急《せ》いてしまって、殿下ご自身からご報告されるべきことでしたわ。出過ぎた真似を致しました」

「うん、貴女が盛大な誤解をしていることはわかった。釘《くぎ》を刺しておくけど、エメライン。貴女が思っているようなことではないから」

「え？　カトリーナ様と愛し合っておられるのでしょう？」

「――は？」

「わたくしとは政略で結ばれた婚約ですが、真実愛しておられる女性と結ばれるべきだとわたくしも思いますわ。婚約解消に同意致します」

「は？」

「心からお祝い申し上げますわ、殿下」

「は？」

何かしら。部屋の空気が急に冷え込んだ気がするわ。中秋だというのに、おかしいわね。

ふるりと身震いを起こしたわたくしは、そっと腕を擦《さす》りました。季節外れでまだ早いけれど、ファーボレロを羽織ってくるべきだったかもしれませんわ。風邪を引いて周囲に迷惑をかけてはいけませんもの。帰宅したら風邪予防にカモミールティーを頼もうかしら。

そんなことを思っていると、殿下の常より低い呟《つぶや》きが聴こえました。

「私が、ダニング嬢を、愛している、と？」

「え？　ええ、カトリーナ様からそう伺っておりますわ」

殿下の一気に下がった機嫌に首を傾《かし》げます。

怒っていらっしゃる？　どうしてかしら？

「それで貴女は身を引く、と」

「はい」

「私がダニング嬢と婚約するなら、貴女はそれを心から祝福すると？」

当然ですわ。わたくしとて国と王家に仕《つか》える身。それが殿下にとって幸福であるならば、わたくしが身を引かない理由などありません。そして祝福しない理由もありはしませんわ。

「ええ、もちろんですわ。国の慶事ですもの」

「ほう……？」

心からの祝辞を申し上げたつもりですが、どういうことかしら？　殿下のご機嫌がさらに急降下したように感じますわ。

本当にどうなさったのかしら。お声が地を這《は》うようにおどろおどろしいわ。ご機嫌を損ねるようなことを言ったかしら。——あっ、ご自身の口から仰りたかったのね⁉　カトリーナ様を愛しているって！　まあ、なんてこと！

「申し訳ありません、殿下。わたくし、勝手に殿下のお心を口にしてしまいましたわ」

「そうだね。貴女は勝手に私の心だと語っている」

「はい、申し訳ございません。カトリーナ様への溢れる想《おも》いをわたくしが代弁するなどおこがましい真似を致しました」

「は？」

「では殿下。わたくしは口を噤んでおりますので、陛下や父、兄には殿下からお伝えしていただけますか？」

「私がダニング嬢を愛していて、貴女と婚約解消したあと彼女と婚約し直したい、と？」

「はい」

「はぁぁぁぁぁぁ……」

まあ、どうされたのかしら。随分とお疲れのご様子。ああ、きっと穏便に解消できないかと悩まれていたのですね。お心の優しい殿下ならば、破談にされたわたくしに傷がつくと心配されても不思議ではありません。

でも大丈夫です。わたくしには夢がありますもの！　これはそれを叶える絶好の機会なのですわ！　破談なんて痛《いた》くも痒《かゆ》くもありません！

「ご心配ありませんわ、殿下。わたくしも同意し、心から祝福しているのだと陛下や父に正しく申し上げます。この破談に憂《うれ》いなどひとつもございませんと」

「ひとつもない？」

「はい。微塵《みじん》も」

「微塵も」

あら？　殿下のアメジストの瞳からハイライトが消え去りましたわ。遠い目をされて、どうしたのかしら。

「……エメライン」

「はい、殿下」

「ひとつだけはっきりしていることがある」

「はい」

わかっておりますわ。カトリーナ様への溢れんばかりの愛、ですわね！

「違う」

「え？」

「貴女が何を勘違いしてるのか、私には手に取るようにわかる。だからはっきり断言する。貴女のそれは途方もない勘違いだ」

ええと、どれのことを仰っているのかしら？

ハッ！　まさか、ラステーリアへの遊学は許されない、と⁉

「うん、たぶんそれも間違ってる気がする」

「えっ？　ではラステーリアへ参っても問題ないのですね？　ああ、よかった」

「ラステーリア？」

「はい。あ、これから父に許可をいただかなくてはならないのですが、破談になりましたら、わたくし是非ともラステーリアへ」

「残念だけど、それは叶わないよ」

「えっ？」

「破談にはならないし、貴女には引き続き王妃教育に専念してもらわなければならない。ラステーリア？　許可できるはずがないだろう」

「そんな……」

ヴェスタース王国では、やはり元婚約者といえど、王太子殿下の伴侶候補だった者が魔工学を学びに遊学など外聞が悪いということなのかしら……それは困ったわ。どうしましょう……。

「……」

あら？　ちょっと待って。今、王妃教育を継続って仰らなかった？

「あの、殿下。きっとわたくしの聞き間違いだと思うのですが、王妃教育はもう必要ございませんわよね？」

「何を言っている？　貴女が受けずして誰が受けると言うんだ」

「ええ？　それはもちろんカトリーナ様でしょう？」

「あり得ない。王妃教育とは一朝一夕でどうにかできるものではない。それは幼少期から厳しい教育を施されてきた貴女が一番よくわかっているだろう？」

「ええ、それは、まあ」

でもカトリーナ様が王太子妃になられますのに、わたくしが継続して王妃教育を受けるのは本末転倒では？

「はっきりさせておく。私は貴女と婚約解消する気はない」

「え？」

「ダニング嬢を王太子妃にするつもりもない。私の妃はエメライン、貴女だけだ」

「それは……」

今から王妃教育をするには時間がないから、仕方なくわたくしを王太子妃に据えて、カトリーナ様を側妃《そくひ》に召し上げるということかしら……それはあまりにも切なすぎますわ。ようやく真実の愛を見つけられましたのに、まるでわたくしがお二人の仲を引き裂くようではありませんか。

――ああ、だからあの時カトリーナ様はわたくしを悪役令嬢だと仰いましたのね。わたくしにその自覚はなくとも、確かに愛されてもいないわたくしが正妃の座に居座るのですから、間違ってはおりませんわ。なんてことでしょう！

それに、ラステーリア……無念ですわ……。

「確かに王妃教育は突貫で身に付くものではありませんが、ご婚姻されてからも継続して教育を受けていれば、いずれは身に付くものですわ。カトリーナ様を側妃にせずとも、いつかは正妃に相応しい礼節を」

「そもそもそこから間違っているんだよ、エメライン」

「えっ？」

「私は貴女以外の妃を娶《めと》るつもりはないと言った。ダニング嬢を正妃にも側妃にもするつもりはない。王太子妃は貴女だ。側妃も必要ない」

ぽかんと淑女らしからぬお間抜けな顔で呆けてしまいました。

だって、わたくしやお父様に義理を通すためにカトリーナ様を諦めると仰っているのですよ⁉

そんな悲しい話がありますか！

「それはお受けできませんわ、殿下」

「え⁉」

「わたくしやアークライト家を慮ってくださるのはありがたいのですが、それではいけません。心から愛するカトリーナ様を諦めて、愛のないわたくしとの婚姻を選ばれるなんて、そんな悲しい決断をされてはなりませんわ」

「いや、そうではなくて」

「数年間はカトリーナ様に無理を強《し》いることになるとは思いますが、真実の愛を前に、その障害など些末なもの。王妃様もきっと手助けしてくださるはずです。わたくしのことならばお気遣いはいりませんわ。ラステーリアへ渡れば、ヴェスタースへ戻ることもないでしょう。ですので」

「駄目だと言っている。何故貴女はそんなにラステーリアへ行きたい？　あちらの皇太子と密なやり取りでもあるのか」

「はい？」

ラステーリアの皇太子殿下と密なやり取り？　今の会話の流れから、どうして皇太子殿下のお話になっているのでしょうか？

そういえば、今年十六歳になられたラステーリアの皇太子殿下は、珍しく現在まで婚約者がおられなかった方で、三ヵ月後の夜会でついに婚約者選定会が開かれるとお父様が仰っておられましたわね。わたくしにも今朝《けさ》招待状が届いていましたが、わたくしのお祖母様《ばあさま》が皇太子殿下のお祖父《じい》様《さま》、つまり先代皇帝の妹姫でいらっしゃるから、そのご縁でご招待いただけたようです。

　皇太子殿下とお会いしたのはわたくしが五つの頃で、皇太子殿下が三つの頃でした。きっと皇太子殿下は、幼い頃に一度だけ会ったはとこのことなど覚えておられませんわ。

「そうか。密なやり取りがあるのだな」

え？　殿下？　獰猛《どうもう》な肉食獣のような微笑《ほほえ》みが恐ろしいのですが、何故先程からずっと怒っていらっしゃるのです？

「だからラステーリアと。ふふふ。エメライン。貴女の願いは叶わないよ。だって貴女は王太子妃になるのだから。ラステーリアには行かせない。ヴェスタースから一歩も出さない」

「え⁉」

　そんな！　遊学の夢が！　魔工学を学べる機会が！

　その後遅れてやってきたお父様とお兄様が、項垂《うなだ》れるわたくしの代わりに殿下よりご説明を受け、お二人共わたくしの味方になってはくださらず、殿下と同じように諦めなさいと釘を刺したのでした。

　ああ、ほんの一時の夢でしたわ……。

# 第２章　全力で応援ってなんだ

「殿下。私はもう限界です……」

「……右に同じく」

カフェテリアでの騒動から二ヵ月が経過した頃、私の側近であるサディアスとエゼキエルがぽつりと溢《こぼ》した。

彼らが何に限界を感じているのかはわかっている。正直私も投げ出したい。

「シルヴィアと過ごせないだけでも耐《た》え難《がた》いのに、彼女の視線が日に日に冷ややかなものになっていく様が本当につらい……あの目は節操なしを見る、蔑《さげす》む目でした」

「セラフィーナも同じようなものだ。俺はセラフィーナの前ではっきりとダニング嬢のファーストネームを呼び捨てにしたからな。それも当然なんだが……いつ婚約破棄を申し出られるか不安で堪《たま》らない」

「お前もか、エゼキエル」

「サディアスもか」

はあ、と重々しい溜《た》め息《いき》を吐《つ》く側近二人を、私は羨《うらや》ましいと思ってしまった。情けないことに、エメラインの場合はそれ以前の問題だったのだ。

薄々は気づいていた。私と彼女の想《おも》いに明確な差があることに、気づいてはいたのだ。だがそれも婚姻して夫婦として長い月日を共にすれば、いつかは愛に変わるのではないかと期待していた。

「殿下もさぞおつらいことでしょう。報告によれば、アークライト嬢が集中的に嫌がらせを受けているようですので」

「あれで自分が被害者なのだと嘯《うそぶ》くのだから、教会はとんでもない女を聖女と認定したものだ」

「エメラインはどう対処している？」

「どうしたって絡《から》まれるのです。実に根気よく公正に接しておられると思いますよ。あの方こそ淑《しゅく》女《じょ》の鑑《かがみ》です」

「だが何をどう言ったところでダニング嬢はすべてを曲解し、聞くに耐えない罵詈雑言《ばりぞうごん》の嵐で返すのだ。あれでは日々絡まれるアークライト嬢が不憫《ふびん》すぎる」

「そうか」

カフェテリアの一件も調べがついている。よくもまあ私に愛されているなどと言えたものだ。さらには私がエメラインを嫌っているだと？　それこそあり得ない。私は初めて会ったあの日からずっと、エメラインだけを愛しているというのに。

宰相に連れられてやってきた六歳のエメラインは、ハニーストロベリーブロンドのふんわりした髪に、マーキュリーミストトパーズの瞳をした大変愛らしい女の子だった。光の加減によってブルー、グリーン、イエロー、ピンク、クリスタルの輝きが差す虹色の瞳は一際《ひときわ》美しく神秘的で、呼吸するように、当たり前のように、私は一瞬でその虜《とりこ》になった。あれ程の美しい宝石を、私は他に知らない。

厳しい王妃教育に耐えかねてこっそり泣いている彼女を私の部屋に招き入れ、つらかったらやめてもいいよと抱きしめたりもした。そのたびに彼女は小さな頭をふるふると振り、殿下のためにも頑張ると、そう言ってくれた。そのいじらしさが堪らなくて、涙に濡《ぬ》れた唯一無二の輝きに見惚《みと》れた。私の前でだけ泣けばいいのにと、潤んだ煌《きら》めきを閉じ込めてしまいたくて、飢餓にも似た強烈な独占欲に苦しんだりもした。

仄暗《ほのぐら》い感情のせめてもの緩和策として、彼女が教育を受ける日は必ず部屋に招いた。彼女が私の前ではらはらと涙を溢すたびに、一時的だが私のどうしようもない渇きは満たされた。

エメラインが泣かなくなったのはいつからだろうか。

私に一線を引くようになったのは、いつからだったか。

今も私が御し難い歪《いびつ》な独占欲を抱いていると知ったら、エメラインはどうするだろうか。

来月十八歳の誕生日を迎えるエメラインは、誰もが振り向く程美しく成長した。たとえ今はまだ私に恋心を抱いてくれていなくても、容姿も内面も美しい彼女と生涯を共にするのは私なのだと思っていた。いずれはエメラインのすべてを頂くのだと、そう信じて飢餓感にも耐えてきた。私以上に彼女を深く愛している男はいないと自負しているからだ。

なのに、肝心のエメラインにそれがひとつも伝わっていなかったことが、二ヵ月前に浮き彫りにされてしまったのだが。

本当に、あの鈍感娘どうしてくれよう。

しかもラステーリアの皇太子と懇意《こんい》にしている、だと？　はとことはいえ、いつの間に。婚約者選定の夜会を開くとヴェスタース王家にも報《しら》せが届いていたが、まさか個人的にエメラインを指名して招待状を送っているのか？　婚約者である私に何の断りもなく、自身の婚約者選定の場にエメラインを招待した？

ふざけるな。今更、他国の皇太子が横から掻《か》っ攫《さら》えると思うなよ。


「密偵からの報告ですが――」

ふつふつと沸き起こる怒りに眉をひそめていると、サディアスが早速本題に入った。わざわざ防音されている王宮の私の執務室に集《つど》ったのは、余計な邪魔が入らない場所で対策を話し合うためだ。

「どうやら教会の思惑《おもわく》がはっきりしそうです」

「聖女認定の件に荷担している者たちの証拠も揃《そろ》いつつあります」

「では慎重に急ぐとしよう。来月の卒業パーティーまでには方《かた》をつけたい」

「ええ。冷えた関係のままシルヴィアをエスコートしたくないので、大いに賛成です」

「同じく」

あんなに仲睦《なかむつ》まじかったのに、関係が冷えているのか……それは申し訳ないことをした。彼らのためにも早々に結果を出したいものだな。

それを考えると、エメラインは何一つ態度が変わらないのが救いだな。……いや、逆か。ダニング嬢が本命だと未《いま》だに誤解しているのは大問題だ。しかも全力で応援してくるような、こちらの想像の斜め上をいくのがエメラインなのだ。嫉妬《しっと》して険悪になってくれた方がまだ建設的だったと思う。全力で応援ってなんだ。妃《きさき》はエメラインだけだと何度も何度も伝えているのに、未だに曲解癖が直らないのは何故《なぜ》だ！

「はぁ……シルヴィアのエクルベージュの髪に指を絡めたい……」

「わかるぞ、サディアス。俺もセラフィーナのチェスナットブラウンの髪に顔を埋《うず》めたい……」

鬱陶《うっとう》しい奴《やつ》らだ。私だってエメラインのハニーストロベリーブロンドの髪に何ヵ月触れていないと思っている。

いや待て。サディアスの髪に指を絡めたい発言はわかるが、エゼキエルの髪に顔を埋めたいとは？　ま、まさか、すでに肌を重ねた経験があるのか⁉

「？　殿下？」

「………エゼキエル」

「はい」

「お前……フェアファクス嬢と、その……」

「セラフィーナがどうかしましたか?」

「いや、その……何でもない」

訊《き》けるか！　肯定されたらされたで私のプライドはバッキバキにへし折られてしまう！　私はエメラインにキスのひとつもできていないのだからな！

あの天然鈍感娘は、こちらが甘い雰囲気を演出しようとまったく気づかないのだ。何度押し倒してやろうと思ったことか。怖がらせることが目的ではないから、ずっと自重してきた結果がこれだ。いっそのこと無理やり唇を奪ってしまえば嫌でも意識するか？　いやでもそれで泣いて拒絶されたら立ち直れないぞ……。

「……」

いや、それもアリかもしれないな。

押し倒して、頭上で華奢《きゃしゃ》な腕を押さえつけて、小鹿のように怯《おび》えて震えるエメラインが泣いて私を上目遣《うわめづか》いに見上げてきたら——ああ、それは堪らなく私の嗜虐心《しぎゃくしん》を刺激する。大切に、真綿でくるむように守りたいと思う反面、酷《ひど》く歪でサディスティックな情欲がふつふつと沸き起こる。

できるかぎり譲歩はしてあげたいが、逃がすつもりは更々ない。

「アークライト嬢の、理由を知らされない何かがあっても一切揺るがない殿下への愛には感嘆させられます。それ程までに愛されていて、正直羨ましいです」

「感情に振り回されない姿は、まさしくご正妃に相応《ふさわ》しいご気性だ」

「……」

「殿下？　どうされましたか？」

小首を傾《かし》げたサディアスの、アイボリーブラックの髪がさらりと揺れる。

ああ、外からはそう見えるのだな。ある意味エメラインの王妃教育は正しく機能しているということだろう。エメラインの、これまでの努力の賜物《たまもの》だな。だが、その内実は。

「……エメラインのあれはな、愛は愛でも恋《こ》い焦《こ》がれる愛ではないからだ」

「「はい？」」

うん、意味がわからないだろう？　私も理解したくないんだ。

「ええと……つまり？」

「アークライト嬢は、殿下に恋心を抱いては……いない？」

「おいエゼキエル。不敬にも程があるぞ。そんなわけあるか」

「そのとおりだ」

サディアスはぎょっとした信じがたいと言わんばかりの視線を寄越し、エゼキエルは不憫そうな、痛ましげな視線を向けてくる。同情はやめてくれないか。

「非常に困ったことに、エメラインはダニング嬢の言葉を信じてしまっていて、私がダニング嬢に真実の愛を見出《みいだ》したと思い込んでいる。さらに厄介なことに婚約破棄に備えているというのだから、私はどこからどう正せばいいのか途方に暮れているんだ。しかもエメラインはありもしない私とダニング嬢の仲を、全力で応援するつもりでいるんだぞ?」

「うわぁ……」

「殿下が一番不憫だった」

エゼキエルがお気の毒に、と頭を振った。なんて腹立たしい。サンドベージュの髪が揺れる様子でさえ苛《いら》立《だ》ちを煽《あお》ってくるが、とりあえず落ち着け、私。ここで腹を立てても意味はない。

「そう思うなら迅速に頼む。教会の件を暴けなければ、ダニング嬢の暴挙を見過ごさねばならない日々も続くんだからな」

「「御意」」

ダニング嬢の、百歩譲って良く言えば天真爛漫《てんしんらんまん》な振る舞いにはいつも辟易《へきえき》しているのだ。ファーストネームを勝手に呼び、王太子である私に許しもなく触れる。いつまでも見過ごせることではない。

お忍びで街へ視察に出た際、何度かダニング嬢と遭遇している。最初は彼女の言うとおり、たまたま偶然出会ったのだと思っていた。しかし、偶然も回数を重ねれば訝《いぶか》しく感じるものだ。日にちも時間帯もバラバラなのに、悉《ことごと》く遭遇するのだから。

それは学園でも同じで、まるで待ち構えているかのように異常な遭遇率で出会《でくわ》す。もし本当にダニング嬢にこちらの行動が筒抜けになっているのなら、それは由々しき問題だ。王太子《わたし》の予定や移動ルートを把握されている事態など、決してあってはならないからだ。

誰かが漏《も》らした？　いや、そうだとしても辻褄《つじつま》が合わない。急遽《きゅうきょ》予定を変更した時でさえ、ダニング嬢は見計らったかの如《ごと》く現れるのだ。未来を予知しているとしか思えない、不可解な言動も多い。

なんだったかな。スチル回収？　イベント攻略とか、好感度とか。意味不明なことを喜色満面にぶつぶつと呟《つぶや》いていたな。薬物でも摂取しているのか、心底気味の悪い女だと思う。

他にも私やサディアス、エゼキエルの好みを知っていたり、エメラインでさえ知らないような幼少期のエピソードを語られた時は、未知の恐ろしさに鳥肌が立った。嬉々《きき》として語る姿に寒気がし、まるで心の中を無遠慮に覗《のぞ》かれているような嫌悪感を抱いた。それはサディアスやエゼキエルも同様だったらしく、彼らは「ハーレム回ゲット！」と小躍りしている姿を目撃したそうだ。やはりまともな頭をしていないようだな。

エメラインはダニング嬢の何を見て王太子妃にと思ったんだ？　彼女自身は天然鈍感娘でも、人を見る目は確かだと思っていたんだが……。

しかし、ダニング嬢の言ったとおりに事が起きることもあり、不思議な力を持っていることは確かなのだろう。人格が破綻していようとも、その点だけは認めるしかない。

そういった理由からも、聖女とされるダニング嬢を庇護《ひご》していると教会や一部の貴族に匂わせておく必要があったため、今まで数々の問題行動を看過せざるを得なかった。しかし、日に日に大胆になっていくダニング嬢が手に余る存在であることは変わらない。

腕に抱きつくなど過度な接触が日常化してしまっている。好きでもない、寧《むし》ろ嫌悪の対象である女性に頻繁《ひんぱん》に密着されるなど、拷問以外の何物でもない。あまつさえそれを顔に出すこともできないのだ。本当ならば振り払ってしまいたいのに、選《よ》りにも選ってエメラインの前で仕出かすとは。

私はエメラインにこそ抱きついてほしいのに。それも人前で堂々と、私だけの愛《いと》しい人だと見せつけるように。この腕の中に閉じ込めてしまえたらどんなに幸福だろうか。はぁ、人生とは上手《うま》くいかないものだな……。

そんなわけで、エメラインに割くべき時間のほとんどを、不本意ながらダニング嬢に使っているのが現状だ。サディアスやエゼキエルが言うように、焦《あせ》る気持ちはよくわかる。私とて誤解をひとつも解けていないのだ。

何をどう説明しても、エメラインの中で不可思議な解釈がなされ、彼女の認識を改めることができない。どうやってもエメラインは私の愛を理解してくれないのだ。今はまだ決定的な言葉を捧《ささ》げることができないから、余計に拗《こじ》らせている自覚はある。冷静さを欠き、急《せ》いては事を仕損ずるとわかってはいるが、エメラインの様子に焦るなと言う方が無理だろう。

だってあの天然鈍感娘が相手だぞ？　このままでは本当に陛下を言いくるめて婚約解消されかねない。

まぁ、幼い頃から可愛《かわい》がっているエメラインを、両陛下が容易《たやす》く手放すなど決してなさらないだろうとは思うが、あのエメラインだからなぁ。どんな変化球を投げてくるかわからないから油断ならない。

悶々《もんもん》と悩んでいると、サディアスとエゼキエルがひっそりと同情している声が聴こえた。

「ああ、殿下が末期だ」

「お労《いたわ》しい。婚約者から他の女性との仲を全力で応援されたら、俺なら軽く三日は寝込むぞ」

「完璧王子で通っている殿下をここまで振り回せるのは、後にも先にもアークライト嬢しかおられないな」

「恋心をまったく抱いていないだなんて、アークライト嬢の心は鋼で出来ているのだろうか」

煩《うるさ》い。これ以上私のプライドを抉《えぐ》る発言は控えてくれないか。叫ぶぞ。

はぁ……本当に、どうしてくれよう。

事が解決したら、嫌という程啼《な》かせてやるから覚悟していろ。エメライン。

# 第3章　思いどおりにはいかない

卒業パーティーを二週間後に控えた晴天の午後。わたくしエメライン・エラ・アークライトは、かつてないピンチに陥《おちい》っております。

どうしてかしら。何故《なぜ》バレてしまったのか。

密《ひそ》かに計画を立て、一時的なものですが、正式な招待の名のもとにわたくしは大手を振って国を出られるはず、でした。大義名分を得た、完璧な作戦だったはずですのに。

目の前には、これ以上吊《つ》り上《あ》げようのない鋭い目をわたくしに向けているお父様と、不憫《ふびん》な子を見るような憐憫《れんびん》の視線を向けるお兄様、そして、王子様然とした穏やかな笑みを浮かべていらっしゃる王太子殿下……目、目が、目が笑っておられませんわ！　恐ろしい！

「さて。もう一度問うよ。半月後に開かれるラステーリア国皇太子の婚約者選定の夜会に、エメライン、貴女《あなた》が参加するというのはどういうことだろうか？」

「しょ、招待状を、頂きましたので」

「貴女は私の婚約者のはずだが。そもそも卒業パーティーの翌日に開かれる隣国の夜会に、貴女は

にこぉ—

どうやって間に合うつもりでいるんだ？　ラステーリアの帝都まで馬車で片道三週間はかかると知らないはずはないだろう？」

い、言えませんわ。卒業パーティーのエスコートは、きっとわたくしではなくカトリーナ様に違いないと確信しているなんて、お父様やお兄様がいらっしゃるこの場ではとても言えません。

お優しい殿下ならばきっとわたくしが恥をかかないよう取り計らってくださるでしょうけれど、殿下のお側《そば》に控えている義務がないのならば、卒業パーティーに出席する意味もまたないのです。ならばご招待いただけた夜会に参加するという名目で、今一度、魔工学をこの目で見てみたいと思ったのです。そして願わくは、そのまま遊学が叶《かな》えば、などと、出過ぎた夢を見てしまいました。

卒業パーティーの頃には婚約も解消されているはずだと思い、夜会の招待に応じる旨を手紙に認《したた》めていた、まさにその段階でバレてしまうとは露程も思わず……。

お父様から雷が落とされたのは言うまでもなく、お小言など滅多に仰《おっしゃ》らないお兄様にさえ窘《たしな》められる始末。そして、偶然我が家へ居合わせた殿下から直接尋問されているのが、現在の状況です。

おいでになるなんて、わたくし聞いていないのだけど……。一応まだ婚約者のはずなのに、来訪を知らされていなかったのは納得いきませんわ。文句を言える立場ではありませんけれど！

「エメライン。確かに王宮にもラステーリア皇太子の夜会の件は連絡が来ている。だが公爵の報告がなければ、私の婚約者である貴女個人に、王家を通さず招待状を出していたとは気づかなかっただろう。この夜会がただの夜会ではないことはわかっているね？　かの皇太子の婚約者を決める場でもある。そんな場所に貴女が赴《おもむ》く意味を考えてくれ。王太子妃になる者が、王家を通さず招かれた場へ、王太子である私に相談もなく赴く意味を」

ええ、よくわかっておりますわ。ヴェスタース王家に恥をかかせるだけでなく、国際問題になりますもの。でも、それは変わらずわたくしが殿下の婚約者としてお側にいれば、と注釈がつきますけれど。

時期尚早だとわかってはいたのですが、つい溢《あふ》れる好奇心に抗《あらが》えず……。

「貴女はヴェスタース王家に嫁《とつ》ぐ身だ。それをよく考えてほしい」

殿下はどうしてわたくしをそこまで繋《つな》ぎ止《と》めようとなさるのかしら。カトリーナ様への想《おも》いを秘めたまま、幸福な未来を諦めてまで。

確かにカトリーナ様のダニング男爵家は王族に嫁ぐには爵位が足りませんけれど、真実愛し合っておられるのならば、上級貴族家へ養子縁組なされば解決する問題ですわ。王妃教育だって以前申し上げましたとおり、カトリーナ様に頑張っていただけば何とかなると思いますの。きっと愛があれば乗り越えられない試練ではないはずです。

そう何度も進言しておりますのに、殿下は頑として首を縦に振ってくださらない。共に聞いておられたフランクリン様とグリフィス様も反対なさいますし、わたくしが必死になればなる程殿下の瞳からハイライトが失《う》せ、お二人は同情を禁じ得ないとばかりに気遣わしげな視線を殿下へ注《そそ》いでおられました。あれはいったい何だったのでしょう？

「エメライン。貴女の卒業パーティー用に作らせているドレスと装飾品を身に纏《まと》って、当日は私のエスコートを受けてほしい。だから、ラステーリア皇太子の夜会には行かせない。いいね？」

有無を言わさぬ雰囲気で、殿下が念を押してこられます。

「それから、ラステーリアには王家から抗議しておいた。私を介さないとは舐《な》めた真似《まね》をしてくれる。公爵、よくぞ報《しら》せてくれた」

「娘の教育がなっておりませんでした。申し訳ございません。――エメライン。きちんと殿下にお応《こた》えしなさい」

お、お父様の目力が凄《すご》い。普段から厳しい方ではありますけれど、ここまでお怒りなのは初めてですわ。お父様が厳しい分、お兄様が甘やかしてくださっていたのだけれど、今回はさすがにお兄様も味方になってはくださらないご様子です。

「エメライン」

お父様の、おどろおどろしい声に肩がふるりと震えてしまいます。そんなに睨《にら》まないでくださいまし！

「……はい。申し訳ありませんでした。ラステーリアの夜会には参りません」

「私の用意したドレスを着て、私のエスコートで卒業パーティーに出席するんだね？」

「はい」

「うん。ならばいい。ああ、それからもうひとつ。ラステーリア皇太子とのやり取りは必ず公爵を介するように」

「え？」

「公爵。届く手紙を検《あらた》めて、公爵が問題ないと判断した場合のみエメラインに手渡すように」

「心得てございます」

「え？」

先帝陛下の妹姫であるお祖母様《ばあさま》の縁で今回お声掛けいただいただけで、皇太子殿下から一度もお手紙を頂いたことなどないのですが……？　どういうこと？

「ではエメライン。明日また学園で」

颯爽《さっそう》と立ち去っていく殿下をお見送りしながら、わたくしの頭の中では大量の疑問符が飛び交っておりました。

◆◆◆

「ふう……」

一人きりの車内で、ついつい溜《た》め息《いき》が溢《こぼ》れる。

王宮までの僅かな時間だが、人の目がない空間というのは貴重だ。王太子には護衛や侍従など誰かが必ず側にいるものだから、王子然と構えている必要がない時間は神経を休めるにはちょうどいい。

先程のエメラインを思い返して、私は今一度溜め息を吐《つ》いた。

私がアークライト公爵邸を訪ねたのは偶然じゃない。近頃のエメラインの様子はどこか不自然で、学園で見かけるたびにそわそわと落ち着かないように見えた。何かあると踏んだ私は急遽《きゅうきょ》午後の予定をすべてキャンセルして、エメラインの実父、アークライト公爵に面会を取り付けた。王宮勤務の彼と合流し、正嫡のジャスパー殿を加えてすぐさまアークライト邸へ赴いた。エメラインの専属侍女から現在彼女は手紙を執筆している最中だと聞いた公爵が、娘の部屋といえどノックもなしに突然押し入り、現行犯で特大の雷を落とした。

可愛《かわい》らしい悲鳴が屋敷中《やしきじゅう》に響いたのは言うまでもない。

……いかんな。あの顔と声は癖になりそうだ。

しかし、本当にギリギリのタイミングだったな。己の直観力に感謝したい。夜会に参加すると返事を出されていたら大変なことになっていた。

普段は常識的でありながら、たまに突飛なことをするのがエメラインだと、長い付き合いで熟知していた甲斐《かい》があったというものだ。

さて。舞台は整《ととの》った。

あとは微調整していくだけ。

最後まで気は抜けないが、一番気掛かりだったエメラインの出国は阻止できた。不穏な芽は摘《つ》んでおくにかぎる。

ああ、エメライン。

二週間後、ようやく貴女にすべてを告げられる喜びを、きっと貴女は知る由《よし》もないだろう。

私の婚約者となったあの日から、貴女はずっと私だけのレディだった。だから。

そろそろ諦めて、私の腕の中に堕《お》ちておいで。

◇◇◇

「あの……大丈夫ですか？」

お父様に特大の雷を落とされてから数日が経《た》ちましたが、現在起きている事態にわたくしは戸惑《とまど》いを隠せません。

これはどうしたらいいのかしら。

目の前には、派手に転んだカトリーナ様がうつ伏せの状態で倒れていらっしゃいます。

以前からよく転倒なさる方だとハラハラしていたのですが、最近は特に、わたくしと出合い頭に必ず転んでしまわれるのです。

どこかお具合でも悪いのかしら。それとも、何か足に疾患でもお持ちなのかしら。

どちらにしても徒事《ただごと》ではありません。転んだ拍子に怪我《けが》などされていたら一大事です。

「お怪我はされていませんか？　よろしければお手をお取りください」

どうやら嫌われてしまっていると、さすがに理解しているわたくしですが、派手に転倒なさったご令嬢を無視してよい理由にはなりません。

すると、がばりと起き上がったカトリーナ様が差し出したわたくしの手をはたき、自力で立ち上がりました。

よかった。怪我はされていないご様子ですわね。

「ちょっと！　いったい何なの！　ちゃんと仕事しなさいよ！」

「え？」

仕事とは？

カトリーナ様の淑女《しゅくじょ》教育をお任せいただけなかったわたくしですが、いつの間に、何かお役目を頂戴《ちょうだい》していたのかしら。

由々しき問題ですわ。殿下に深く陳謝申し上げ、お任せいただいた仕事の内容を今一度確認しなければ！

「申し訳ございません。職務を把握しておらず、ご迷惑をお掛け致しました。殿下に詳細を伺《うかが》って参りますので、暫《しば》し猶予《ゆうよ》をいただけたらと存じます」

「は⁉　ユリエル様に確認取るとか、余計なことしないで！」

「ですが……」

「あんたが悪役令嬢の役割を放棄してるからいけないんでしょ⁉　あんたのせいであんたの取り巻きも役目を果たしてないし、個別ルートのイベント起こしても何でか好感度上がんないし！　スチル回収はできてるのに、何でユリエル様があんたにヤンデレ起こしてるわけ⁉　意味わかんないんだけど！　リセット機能はどこにあんのよ！」

まあ、どうしましょう……カトリーナ様が何を仰っているのかひとつも理解できませんでしたわ。

とりあえずわかっていることは、わたくしが与えられた役目を全うできていないから、結果的にそれがカトリーナ様の逆鱗《げきりん》に触れてしまっているということね。申し訳ないですわ……でも、そのお役目とやらを詳しくご教示いただかねばずっとわからないままです。

「カトリーナ様。そのお役目とやら、どのようなものなのかお教えいただけませんか？」

「は？」

「きっとわたくしが無知なのです。先程カトリーナ様が仰ったことが何一つ理解できませんでしたの。カトリーナ様が何に苛立《いらだ》ちを感じていらっしゃるのかも、恥ずかしながら思い至れないのです。ご教示いただければ、鋭意努力してご期待に添ってご覧に入れますわ」

「は⁉　いや、努力して悪役令嬢を演じるとか、意味わかんないし。……ホントなんなの？　あんた本当に王太子の婚約者のエメライン・エラ・アークライト？」

「？　はい、わたくしがエメライン・エラ・アークライトで間違いございませんが……？　ハッ！　もしや同姓同名の方がおられますの……⁉」

「いやそういう話はしてないから。何これ、どうなってんの？　バグ？　悪役令嬢が存在しなきゃ、ヒロイン《わたし》はどうなるの？　ちょっと運営、バグくらい直してから販売しなさいよね！」

ああ、また意味不明なことを仰っているわ。わたくしと同姓同名の方はいらっしゃらないということだけは理解できました。運営とは、帰属なさっている教会のことかしら。教会で、何かおつらいことでもおありなの……？

「リセットできないなら、このままじゃどう頑張っても大団円エンドしか目指せない……？　本命は王太子だけど、サディアスとエゼキエルの好感度も高くないと断罪イベント起きないし。でも王太子、ヤンデレルート入ってるよね。それも私にじゃなく、エメラインに。もう意味わかんない。ヤンデレ拗《こじ》らせてるとか、王太子バッドエンドまっしぐらじゃない。何でよ」

「カトリーナ様？　どうされました？」

何やらぶつぶつと呟《つぶや》いておられますが、大丈夫でしょうか。まさか先程転倒した時に、頭を打ったりしていらっしゃいませんわよね？

急に心配になった刹那、カトリーナ様がぎろりとわたくしを睨まれました。

「……なんかバグってるし、王太子ヤンデレだし、リセットもできそうにないから一応親切心で忠告しといてあげる」

「？　何でございましょう？」

「卒業パーティーでユリエル様に乞われたら、必ず受け入れること！　じゃないとあんた、生涯監禁コースに強制連行されるからね」

「はい？」

「監禁するようなヤンデレ王子興味ないし、私は大団円エンドに逃げるから。忠告したからね！」

「え？　あっ、カトリーナ様⁉」

行ってしまわれましたわ。それにしても、ヤンデレとはどういう意味なのかしら？　監禁って……え、殿下が？　わたくしを？　何故？

やはりカトリーナ様の仰ることはわたくしには難解すぎますわね……。

ええと、卒業パーティーで殿下に乞われたら受け入れる、でしたわね。何のご忠告なのかさっぱりわかりませんけれど、カトリーナ様のお言葉ですもの。しっかりと覚えておかなくては。

けれど、殿下はわたくしに何を乞われるのかしら？　殿下がわたくしに願うなど——あっ！　そうなのね！　ついにカトリーナ様に想いを伝える決意をされましたのね⁉　では殿下がわたくしに願われますのは、婚約解消、ですわね！

ええ、ええ！　もちろん快諾致しますとも！

寂しいと感じてしまうのは仕方ありませんわ。ずっとお側にいましたし、この方の伴侶として恥ずかしくないレディにならなくてはと、日々努力を重ねて参りましたもの。公私共にお支えできたらよかったのですけれど、殿下には幸せになってほしいのです。その相手がわたくしではなかっただけのこと。

そう、わたくしの感情など些末《さまつ》なことですわ。

決意を胸に、カトリーナ様が去っていかれた先を見つめました。

本来のカトリーナ様とようやく視線が合ったような、不思議な気が致します。カトリーナ様はわたくしをお嫌いかもしれませんが、わたくしは好きですわ、あの方。

ご自身の想いに忠実で、真《ま》っ直《す》ぐすぎるご気性ですが、わたくしにはないものをお持ちでいらっしゃいます。それがほんの少しだけ、眩《まぶ》しく見えてしまうのです。ちょっぴり羨《うらや》ましいなんて、こっそり思うだけなら許されますわよね。

さあ。準備をしなければなりませんね。

輝かしい殿下の未来へ、せめてもの手向《たむ》けとなるよう、精一杯最後のお務めに励《はげ》みますわ！

◆◆◆

呼び止めるエメラインの声を振り切るように走り去った私《カトリーナ》は、適当な所で歩《あゆみ》を緩めた。彼女のことだから、追いかけてくるようなことはないだろう。

はあ、と脱力そのままの溜め息を吐く。なんかいろいろと疲れたわ。

「やっぱいわ……王太子ヤンデレルートだけはヤバい。まあその対象が私じゃないなら何でもいいけど。エメライン、現時点では高確率で監禁されるね。まあそれも他人事《ひとごと》だから面白いけど、な〜んか憎めないいんだよねぇ、こっちのエメライン。忠告、ちゃんと覚えてるといいけど」

リセットできないとか聞いてないいんだけど！　と、空に向かって叫ぶも、どこからも返答は得られなかった。

# 第４章　卒業パーティー

卒業パーティーを一週間後に控えた、初雪が観測された日のことだった。

「王太子殿下。私と取引しませんか」

今までの媚《こ》びた、胸焼けするような甘ったるい態度とはまるで別人の様相で、カトリーナ・ダニング男爵令嬢はそう切り出した。

◇◇◇

先日、王妃教育の合間に今年は王太子殿下が学園をご卒業されるということで、卒業パーティーは王宮で開かれることになったと王妃様から伺《うかが》いました。それが正式に公表されると、舞踏会で使われる大広間で、今月から始まる社交シーズンと合わせてさぞ豪勢なパーティーになるだろうと期待を込めて噂《うわさ》になりました。

灯《あか》りに煌《きら》めく豪華なシャンデリアや、天井《てんじょう》を埋め尽くす黄金の装飾、煌びやかな宴《うたげ》に相応《ふさわ》しい、華やかな装いの紳士淑女《しゅくじょ》方。噂に違《たが》わず贅《ぜい》を尽くした卒業パーティーになることでしょう。

アークライト家からも両親、お兄様とその婚約者様がご出席なさいます。

お兄様はわたくしの卒業を待ってからご結婚されると聞いて、それに納得されているというお義姉様《ねえさま》に申し訳なく思いました。お二人は、わたくしが学生のうちはアークライト家で肩身の狭い思いをしないようにと、配慮してくださったのだそうです。屋敷《やしき》に新たな家庭を持ち込んでは、きっとわたくしが遠慮ばかりするだろうからと。

恥ずかしながら、お兄様の予想は当たっておりますわ。アークライト公爵家の、新たな女主人となられるお義姉様より優先されるべき立場ではありませんから、恐らくお兄様が懸念なさったとおり息を潜めて生活していたことでしょう。

お義姉様とはとてもよい関係を築けておりますのよ。が、小姑《こじゅうと》であるわたくしが今までのように悠々自適に過ごすわけには参りません。使用人たちも、今後はわたくしよりお義姉様を優先せねばなりません。些細《ささい》なことですが、幾度も優先順位を間違えればいずれ軋轢《あつれき》が生ずることになりましょう。不和など望んでもおりませんわ。とんでもない！

それを避けるため、きっと部屋に籠《こも》ってしまうでしょう。それは結果的にお義姉様を避けているように見え、やはり不和となってしまうのです。

ご配慮くださったお二人に罪悪感を抱いてしまいますが、それでも感謝の気持ちで一杯です。

「……」

そんなことをつらつらと考えて、暫《しば》し現実逃避などしてしまいました。

お二人の盛大な結婚式を想像し、お兄様に跡継ぎが生まれて、ぷくぷくのほっぺをつつきながら「アークライト家も安泰ですわね」とお義姉様と微笑《ほほえ》み合《あ》ったりして——そんな数年先にまで思いを馳《は》せてしまいました。

ええと、これはどういう状況なのでしょうか。

両陛下と貴族の方々、卒業生、そして教会幹部の方々が集《つど》う会場で、何故《なぜ》かわたくしの前にはシルヴィア様とセラフィーナ様がお立ちになり、さらにその前には殿下とご側近のフランクリン様、グリフィス様がおられ、カトリーナ様を伴っておられます。

皆様の前には殿下に名指しされた幾人かの紳士方と教会の方々がいらっしゃって、殿下がフランクリン様から受け取った書類を読み上げますと、その内容に貴族の方々は蒼白《そうはく》になり、教会の方々は苦り切った顔をされました。

書類は教会の裏帳簿で、裏稼業の資金源や支出など、お金の動きを事細かに記した物でした。教会は子飼いの暗殺集団を使い、要人暗殺の依頼を受けて莫大《ばくだい》な富を築いてきたそうです。まあ、なんて恐ろしい……！

そして、ここでまさかのわたくしの名が上がり、幾度も暗殺者が差し向けられていたというではありませんか！

えっ。初耳なのですが。まったく気づきもしなかったのですが！

わたくしはいつ命を狙われたのでしょう？

思い返すも何一つ心当たりがありません！

話の流れから、どうやら今回の捕物《とりもの》にはカトリーナ様が大きく貢献なさったご様子でした。裏帳簿の隠し場所や暗殺集団のアジトなど、決定打となる証拠の数々を暴かれたとか。教会の方々が愕《がく》然《ぜん》となさって、「何故貴様がそれを知っている⁉」と喚《わめ》いておられます。

カトリーナ様は本当に不思議な方です。さすがは聖女と呼ばれる方。あたかも未来をご存じであるかのような、見事な洞察力をお持ちです。

殿下によって罪状を述べられていく教会の方が、カトリーナ様を忌《い》ま忌《い》ましそうに睨《にら》みつけ、毒を吐くように言葉を投げつけました。

「裏切り者め……！」

「はん！　心外だわ。いつから私があんたたちの味方になったって？　権威主義のあんたたちが欲しかったのは、王家より優位に立てる権力でしょ？」

「神を冒瀆《ぼうとく》するか！」

「神って誰のことよ。独裁的で私利私欲に走るようなあんたら教会幹部の人間が、私腹肥《こ》やしてブクブクに膨れたそのお腹《なか》とおめでたいスカスカ頭で神を語ってんじゃないわよ」

「なんだと！」

いつもにこやかに迎えてくださっていた教会の方々が、鬼の形相《ぎょうそう》よろしくカトリーナ様を罵倒なさいます。

こうして目《ま》の当《あ》たりにしても、まだ信じられませんわ……。穏やかなご気性だったはずの教会の方々が、こうも変貌《へんぼう》なさるなんて。それにわたくしを暗殺しようとなさっていたとは、どうしても信《しん》じ難《がた》いのです。

どうしてわたくしの命を……？

「アークライト嬢の暗殺を依頼したのは貴族共だが、貴様も邪魔に思っていたはずではないか！己だけ言い逃れができると思うなよ！」

「誰が殺してほしいなんて頼んだ？　私はヒロインなのよ！　そんな非人道的なことを望むわけないでしょ！　私は正々堂々と蹴落とすつもりだったのに、余計な真似《まね》をしたのはあんたたちの方！」

「蹴落とすのに正々堂々などあるのか」

グリフィス様が呆《あき》れたご様子でぽつりと呟《つぶや》かれました。

わたくしもちらっと思いましたけれど、寧《むし》ろ潔《いさぎよ》くて清々《すがすが》しいですわ。

わたくしの死を望んだのは、共に名指しされた貴族の方々でしたのね……。

「——教会と、それに依頼した者の罪科を申し渡す」

殿下の朗々とした声が響きます。ざわつく心が不思議と落ち着きを取り戻していきました。

「次期王太子妃暗殺未遂、殺人教唆、横領・背任、その他諸々《もろもろ》の余罪によりこの場にて捕縛、のち裁定を下す。近衛隊《このえたい》、取り押さえろ」

力なく連行されていく貴族の方々とは違って、最後まで教会の方々は激しく抵抗なさいました。その際、王家も聖女も呪われろと呪詛《じゅそ》を吐き、わたくしはそれがとても恐ろしく感じました。

「――エメライン。大丈夫か？」

「殿下……わたくし……」

この不安を上手《うま》く説明できそうにありません。

はくはくと、酸素を求める魚よろしく口を開きながら言葉にならないわたくしの肩をそっと撫《な》でて、殿下が大丈夫だと首肯されます。

「貴女《あなた》には、誰にも指一本触れさせない」

「もしや……今まで、殿下が……？」

「貴女を怖がらせたくはなかったから、こっそり影を付けさせてもらった」

影とは、王家をお守りする特殊な訓練をされた騎士のことです。そんな貴重な方をわたくしにお付けくださっていたと……？

「貴女を失うわけにはいかない。エメライン。どうか私に守らせてくれ」

「殿下……」

わたくしなどのために……なんとありがたいことでしょうか。殿下のお優しさに縋《すが》ってはいけないと思いつつ、どうしようもない安堵感《あんどかん》に心が震え、堪《こら》えきれない感情が涙となって零《こぼ》れ落《お》ちてゆきます。

「――はい」

「ああ、エメライン……！」

唐突な抱擁に瞠目《どうもく》した視界の端で、カトリーナ様がほっと胸を撫《な》で下《お》ろす姿が見えました。

◆◆◆

捕縛騒動から一転、華やかな雰囲気を取り戻した会場では、王太子殿下とアークライト嬢が宮廷楽団の奏でるワルツに乗ってファーストダンスを踊っている。十二年もずっと耐えてこられた殿下の、執念とも言える初恋が成就したようで喜ばしいと、私、サディアス・エスト・フランクリンは感慨深く思っていた。

アークライト嬢の深刻な勘違いに拍車がかかればかかる程、日に日に殿下の目が死んでいく様は見ていて哀れ――げふんげふん。お労《いたわ》しいものだったが、とりあえず落着したようで心底ほっとした。末期過ぎた殿下がアークライト嬢をどう扱うか不安で仕方なかったのだ。

殿下もアークライト嬢も互いに別方向を向いてはいたが、同種の拗《こじ》れに拗れた厄介な状況だったので、落ち着くべきところに落ち着いてくれて本当によかった。

あのお二人は何故ああも拗らせていたのか。傍《はた》から見れば、どう見たって想《おも》い合《あ》っているというのに。よもやアークライト嬢があそこまで鈍感だとは思いもしなかった。殿下を愛しておられるのに、自らがそれに気づいていないなどと誰が思う？

まあ、雨降って地固まるということで、一件落着したと判断していいだろう。まったく世話の焼ける。

さて、そろそろ一曲目も終盤だ。私も婚約者であるシルヴィアを誘おうと視線を巡らせれば、彼女はエゼキエルとフェアファクス嬢と共にダニング嬢を取り囲んでいた。

「数日前にお話をお聞きした時は信じ難いと思いましたが、確かにダニング嬢の仰《おっしゃ》るとおりになりましたわね」

「ええ。わたくしは王太子殿下とエゼキエル様に秋波を送りましたこと、まだ許すことはできませんが、此度《こたび》エメライン様の御為に働かれたことは高く評価しておりますわ」

「そうですわね。然《しか》りですわ、セラフィーナ様。まあ一番腹が立ちますのは、わたくしたちを蔑《ないがし》ろになさったサディアス様方ですけれど」

「同感です。わたくし、卒業パーティーを前に婚約解消を申し出る心積もりでしたもの」

「えっ……セラフィーナ、それは」

「あら奇遇ですわね。わたくしもでしてよ」

おいおいおいおい！　待ってくれ！　それは初耳なのだが！　あと一日でも遅れていれば、私はシルヴィアに婚約破棄されていたのか⁉

「シ、シルヴィア」

「まあ、サディアス様。そんな情けないお顔をなさって、どうされましたの？」

うっ……わかっていてこの言葉。あれ程事情を説明して謝罪したというのに、まだ怒っているのか……。詫《わ》びの品として宝石や装飾品をねだられるだけ大量に購入したし、シルヴィアの気が済むまでとことん付き合った。

まさかまだ足りない？　嘘《うそ》だろ？　頼むからもう許してくれ。

「その……本当にすまなかった。だがどうか、私もつらかったのだと理解してくれないだろうか。君に触れられない期間がどれ程の地獄だったことか」

「セラフィーナ。俺からも今一度謝罪したい。俺にはお前しかいないんだ。お前に背を向けられたら耐えられない」

「サディアス様……」

「エゼキエル様……」

シルヴィアとフェアファクス嬢が絆《ほだ》されてくれそうになった露の間。雰囲気をあっさり粉砕し、ダニング嬢がふはっと笑った。

「どっちも女々《めめ》しい」

「「ダニング嬢……」」

「やだ睨まないでくださいよ。イケメンが凄《すご》んだら怖いじゃないですか」

はあ、と私もエゼキエルも重々しく嘆息した。元凶が言うな。元凶が。

しかし人格破綻者だと思っていたが、どうやら違うらしい。

「貴女はもはや別人だな」

「あ～。リセットできないって知っていろいろ諦めたら、なんかどうでもよくなって」

「「「どうでもよくなって」」」

我々の声が綺麗《きれい》に重なった。半眼に呟く様までぴったりシンクロしている。どんな感情であれ、シルヴィアと同じ気持ちでいることが嬉《うれ》しい。うん、私も殿下のことを言えないな。私も相当な末期だ。

「こっちが元々の素《す》なんで、適当に聞き流してください」

リセットとか、相変わらず意味不明なことを口走るご令嬢だが、人格破綻者ではないことは間違いないないな。

「教会が貴女を聖女と定めたことに不信感しかなかったが、確かに貴女は未来視《みらいし》の能力を有していた。一週間前に取り引きを持ち掛けられた時は眉唾物《まゆつばもの》だと思ったが、本件の功労者は間違いなく貴女だ」

「未来視ってわけじゃないんですよ。私が知ってるのは今日の卒業パーティーまでだし、王太子殿下がエメライン様を選んでる時点でシナリオ破綻してるし。だから正確には私が知ってる筋書きどおりにはなってないです。ある程度の落としどころに落ち着いたってだけで」

「それを未来視と言うのではないのか」

「違いますね。私はちょっとズルをして、先の展開を知っていただけなので」

――うん。違いがわからん。


「教会も、貴女のその知識を知って聖女認定したのか？」

「そうですね。自分から売り込みに行って、先を言い当てたことで認定してもらいました。……あの、教会って今後どうなるんですか？　不正を働いていたのは上層部であって、その下は関係ないですよね？」

「教会そのものはちゃんと残る。国の監査役が入ることになるが、基本的には変わらない。本件とは無関係の者たちに累が及ぶことはない」

「それを聞いて安心しました。私、元々は教会の孤児院育ちなんで、お世話になった孤児院が取り潰されたらどうしようかと思って」

「今までは教会の権限で不透明だったが、今後は国の目が入ることで福祉も充実することだろう」

「じゃあ安心だ。はぁ、よかった～」

不思議な女性だな。こちらの方がずっと魅力的だというのに、何故あのような理解の及ばない不可解な女性を演じていたんだ？


「――サディアス様……？」

ハッ！　殺気が⁉

シルヴィア、誤解だ！　これは恋情などでは決してなく！　お、落ち着けシルヴィア！　君の得意とする武器が乗馬用の鞭《むち》だということはよく知っているが、それで叩《たた》かれるのは御免だ‼　卒業パーティーの舞踏会に、何故そのようなものを持ってきている⁉　どこから出した！

「そっ、それで、ダニング嬢。卒業後、貴女はどうするんだ？」

「まあ一応聖女名乗ってますし、教会に残りますよ。あのそれで、ちょっとお願いしたいことがあるんですけど」

「なんだ？　本件の褒美を考えていると殿下も仰っていたから、ある程度の融通は利《き》かせられると思うが」

「やった！　じゃあ殿下にお伝えください。殿下の影の一人である、レイフ・アーミテイジ卿《きょう》に会わせてくださいって」

「アーミテイジ卿を？　現在アークライト嬢に付いているが、卿と面識があったのか？」

「いいえ？」

「いいえ？」

「はい。会ったことはないですよ」

「会ったこともないのに、何故アーミテイジ卿を知っている？　――ああ、それも未来視か？」

「シナリオを知ってるだけですって。レイフ様はですねぇ。王太子殿下ルートをクリアした後に攻略可能になる、隠しキャラなんですよ！　レア中のレア！　大団円エンドに逃げられたから、隠しキャラ狙っても問題ないし！　実はレイフ様って私の最推しキャラだったんですよね～」

いよいよ以《もっ》て意味がわからんな。

ダニング嬢の突飛な謎発言は、彼女ならばこういうものだと呑《の》み込《こ》んでしまった方が平和だ。

# 第5章　ハッピーエンド？

「――エメライン。私を信じ、私の手を取ってくれてありがとう」

「えっ？　あ、はい……？」

婚約者ですから、ダンスのお誘いをお断りする理由はございませんが？

小首を傾《かし》げつつお応《こた》えすれば、殿下の眦《まなじり》が少しだけ下がりました。最近ではめっきりお見かけすることのなかった、少年のような幼さを覗《のぞ》かせる、肩の力の抜けた笑みでした。

トク、と胸に違和感を覚えましたが、今は大切なお役目中です。小事に気を取られている場合ではありません。小事は大事とも言いますが、とにかく今はそれどころではないのです。

社交シーズンの幕開けは必ず宮殿で催《もよお》され、舞踏会のファーストダンスは国王陛下と王妃陛下が務められます。本日は卒業パーティーを兼ねているので、両陛下のお計らいにより、卒業生である殿下とわたくしがファーストダンスを任ぜられました。

殿下とは定期的にダンスの練習が組まれていますが、ここ三ヵ月程は一度も合わせておりません。互いの癖などは体がきちんと覚えているものですが、衆目の中、一度も合わせることなく本番を迎えたわたくしとしましては、正直気が気じゃありません。

王家とアークライト家の、特に殿下の恥となってはならないのです。些細《ささい》なミスでも許されません。

ああ、緊張します……。何か、何か別のことを考えて固くなった心身を解《ほぐ》さねば！

殿下のリードでターンを決めた際、皆様と談笑なさっているカトリーナ様がちらりと視界に入りました。

てっきりカトリーナ様をエスコートなさるのだとばかり思っていたわたくしでしたが、まさか殿下自ら我が家へお迎えにいらっしゃるとは思いもしませんでした。しかも王家のエンブレムが刻まれた王太子殿下専用の、繊細で美しい金細工が施された純白の馬車で、です。もちろんわたくしは一度も乗ったことはございません。当然です、殿下だけの豪奢《ごうしゃ》な四頭立ての馬車なのですから。因《ちな》みに四頭の馬もすべて白毛です。目映《まばゆ》いです。

座面はカージナルレッドの天鵞絨《ビロード》で、跳ね返すような素晴らしい弾力性でした。さすが王家の馬車は違います。

扉の内側にはグラスホルダーがあって、ワイングラスが倒れないよう配慮された親切設計になっていました。溝が曲線になっていて、グラスをスライドさせて使うのですって！　感動致しましたわ！

興味津々なわたくしに実演して見せてくださった殿下が、「まるで幼子のようだな」と愉《たの》しげに仰《おっしゃ》ったのはちょっと恥ずかしかったわね……わたくしったら、はしたない。

そうして王宮に到着してから殿下のエスコートで会場入りして、ここまでがわたくしに恥をかかせないためのご配慮だろうと一人納得し、この後は殿下はすでに会場入りされていたカトリーナ様のもとへ向かわれるのだろうと思っておりました。けれど、殿下はわたくしをエスコートなさったまま、わたくしも連れてカトリーナ様がお待ちになっている場所まで赴《おもむ》かれるではありませんか。

動揺のあまり近づくまで気づきませんでしたが、その場には殿下のご側近のお二人と、シルヴィア様とセラフィーナ様が共にいらっしゃいました。

殿下は疑問符が飛び交っているわたくしをシルヴィア様とセラフィーナ様にお任せになり、陛下が首肯されたのを確認なさってから、あの断罪劇を披露なさいました。

皆様のご様子から、知らされていなかったのはわたくしだけなのだと察しました。それを寂しく感じてしまったのは秘密です。そう、わたくしの感情など些末《さまつ》なもの、なのですから。

ワルツが終わり、殿下とお辞儀を交わします。

さあ、ここまでがわたくしの務めです。ここからはカトリーナ様と交代ですわね。わたくしは潔《いさぎよ》く身を――。

「エメライン。もう一曲踊ろう」

「えっ？」

――もう一曲？

思わず殿下を凝視してしまいました。

「ですが……」

「私たちは婚約者だ。何も問題ないだろう？」

そう、同じ方と二度踊れるのは家族や夫婦の他は、婚約者だけ。三度踊ることができるのは夫婦だけです。

だからこそ、何故《なぜ》わたくしと二度もダンスしようとなさるのか理解できません。一度目のファーストダンスは義務です。ですが二度目となると……。

「さあ、もう一度手を取って。私は貴女《あなた》と踊りたい」

そのお相手はカトリーナ様のはず。どうしてわたくしと……？

「エメライン。私の愛《いと》しい人。さあ、もう一度」

誘われるまま、うつけたように差し出された手を取ります。手を取りたいと、思ってしまったのです。カトリーナ様がいらっしゃるのに、浅ましくも殿下を繋《つな》ぎ止《と》めたいと……なんて、ことを。

ふるりと震えるわたくしを抱き寄せ、ホールドしながら、殿下がそっと耳打ちされました。

「貴女にずっと言いたくて言えなかったことがある」

ええ、わかっておりますわ。今日が最後なのだと、そう仰いますのでしょう？

「すべてつつがなく終えられた今、ようやく貴女に伝えられる」

婚約を解消し、カトリーナ様を選ばれるのですね。

どうしてかしら。それをわたくしも望んでいたはずですのに、何故こうも胸が痛むのでしょう。

きっと、当たり前のように隣にいてくださった殿下と、本日を以《もっ》てお別れする寂しさが胸を締め付けますのね。


「エメライン。私は貴女を、心から、愛している」

「……え？」


え。い、今、なんと……？

「愛している。初めて出会ったあの日から、ずっと、ずっと貴女だけを愛している」

「ま、待ってくださいっ。でも、殿下はカトリーナ様をっ」

「教会の不正を暴《あば》くため、その歯車のひとつだったダニング嬢を邪険にできなかったことは認める。だが一度たりともダニング嬢に心惹《ひ》かれたことなどない。私が愛しているのはエメラインだけだ。貴女だけをずっとずっと愛してきた。どうか私を受け入れて。私だけのレディになって」

殿下が、幼かったあの日から、ずっとわたくしのことを……？　そ、そんな……嘘《うそ》……ああ、いけないことだとわかっているのに、どうしよう――嬉《うれ》しい。

「エメライン。どうか応えてほしい。でないと、私は……」

ああ、美しく揺らめくアメジストの瞳がわたくしを映し出している。わたくしだけを見つめている。

こいねがわれていると、わたくしだけを欲しているのだと、胸の一番奥、最奥に隠れるようにして守っていた恋心の芯にまで響いて、わたくしの全身が喜びに震えています。

はい……はい、もちろんです。殿——。


「このまま貴女を監禁してしまいそうだ」


——えっ？　か、監禁？

その時ふと、カトリーナ様が仰っていた〝忠告〟が鮮明によみがえりました。

『卒業パーティーでユリエル様に乞われたら、必ず受け入れること！　じゃないとあんた、生涯監禁コースに強制連行されるからね』

——ああ！　え⁉　か、監禁って、このこと⁉　今の流れから何故そのような物騒な話に⁉　そもそもカトリーナ様は何故それをご存じでしたの⁉　聖女様って凄《すご》いわ！

芽生えたときめきが、途端戦慄に塗り替えられたわたくしは、カトリーナ様のありがたいご忠告に縋《すが》りつき、引《ひ》き攣《つ》って石のように凝る喉を叱咤《しった》します。

「も、もちろんですわ、殿下。わたくしも、殿下をお慕《した》いしております」

「それじゃ足りない」

「え⁉　た、足りない……足りない？　ええと……」

踊るのを中断し、殿下はわたくしをテラスへと誘《いざな》いました。会場の灯《あか》りと熱気がやんわりと届くテラスで、冷たい夜風がほんのり火照った体を心地好《ここちよ》く冷やしてくれます。

じっと続きを促《うなが》すように見つめられ、おずおずと上目遣《うわめづか》いになってしまうのはお許しいただきたいわ。

殿下が「これで無自覚とか……私をこれ以上どうしようというのか……試練か。これも試練なのか……」などとぶつぶつ仰っておられますが、どうされたのかしら。

いいえ、今はこちらが先ね。勇気を出すのです、わたくし！


「殿下……あ、愛して、います」


は、恥ずかしい！

顔だけでなく全身が真《ま》っ赤《か》に染まってしまっている気がしてなりません。テラスにお連れいただけてよかった。

しばらく無言だった殿下が、ややあって強くわたくしを抱きしめました。ああ、と掠《かす》れた声が耳《じ》朶《だ》に響き、それが何とも言えない艶を孕《はら》んでいます。

何かしら……わたくし、何か変です。体がおかしいわ。

「もう一度言って、エメライン」

「……愛して、います」

「もう一度」

「愛しています」

「私も愛してる。心から、貴女を。貴女だけを」

「――んぅ⁉」

頰を撫《な》でた指がそのまま後頭部に滑《すべ》り、顎を上向《うわむ》けた露の間――殿下のアメジストの瞳が閉じられたと思った時には、すでにわたくしの唇は塞《ふさ》がれていました。

しっとりと濡《ぬ》れた感触の正体が殿下の唇なのだと気づき、ぞわりと震えにも似た感覚が全身を貫きます。僅かな隙間《すきま》も許さないとばかりにぴったり合わさった唇は、何度も何度も角度を変え貪りました。

甘い疼《うず》きに怖くなり、無意識に殿下の胸に縋れば、さらにきつく抱きしめられてしまいます。殿下の慣れ親しんだ香りに包まれて、まるで酩酊《めいてい》したかのようにくらりと目眩《めまい》を覚えました。

わたくしの息が続かなくなった頃合いを見て、ようやく殿下の唇が離れました。唇に移ってしまったグロスを、殿下がペロリと真っ赤な舌で舐《な》め取《と》り――それがひどく色っぽくて、陶然と眺《なが》めてしまいました。

やはり、わたくしはおかしくなってしまったのかもしれませんわ……。

「私の部屋へ行こう。父上には退出の許可を貰《もら》ってある」
いつの間に――そんな疑問さえ再び食《は》まれた唇の感触に霧散したわたくしは、殿下に抱き上げられて会場を後にしたのでした。

◆◆◆

「いや～……あれ、誰がどう見ても独占欲丸出しですよね」

「そうですわね」

続く会話に、私、サディアス・エスト・フランクリンは賢明にも口を噤《つぐ》んだ。

隣でダニング嬢に応じる婚約者のシルヴィアを、私は空気のように気配を消して極力見ないようにする。

「殿下がお仕立てしたドレスは殿下の瞳の色と同じ紫ですし、殿下の御髪《おぐし》の色に似たブルースピネルの宝石を銀の刺繍《ししゅう》でこれでもかと縫い付けてありますもの。さらに装飾品もすべてアメジストで揃《そろ》えるという徹底ぶりです。全身が殿下カラー一色という時点で、かの方の重々しい執着具合が知れますわ」

「なんと申しますか、粘着性の執念を感じますわ……」

「でもエメライン様、たぶんあれでもまだ気づいてなさそうでしたけど」

「そこがエメライン様の純粋でお可愛《かわい》らしいところなのです。それに、エメライン様がお気づきでないのは、ひとえに殿下が不甲斐《ふがい》ないせいですわ」

「シルヴィア様、よくぞ仰いました。殿下の甲斐性のなさが招いた結果です」

「セラフィーナ様。素晴らしくてよ」

「シルヴィア様こそ」

「わあ、辛辣」

ふふふ、ほほほと優雅な笑声が起こる。

本来ならば窘《たしな》める立場にある私とエゼキエルは、思わず同意しそうになって慌てて表情を引き締めた。

この会話に参加してはいけない。同意してもしなくても、婚約者たちから返される言葉は必ず自分たちの柔《やわ》い部分を抉《えぐ》ってくるに違いないのだから。

すでに尻に敷《し》かれている自覚を持ちながら、可能なかぎりシルヴィアの逆鱗《げきりん》に触れないよう気を配る。

エゼキエルも同じ心境のようで、互いに同志を見るような情けない視線が交わされた。

「でもまあ、監禁エンドはギリギリ回避できたみたいで良かったわ」

ぶるりと身震いした私とエゼキエルは、心の中でこっそり王太子殿下にエールを送っていたため、ダニング嬢の呟《つぶや》きに気づくことはなかった。

◆◆◆

時は少し遡《さかのぼ》る。

「あ～失敗したなぁ。関係が冷えていると報告があったから招待状を送ったのに、まさか溺愛《できあい》していただなんて」

ヴェスタース王家から送り付けられてきた抗議文を斜め読みして机に放り投げた少年は、くくくと喉を低く鳴らして笑う老人を睨《にら》みつけた。

「お祖父様《じいさま》。笑いすぎだから」

「滑稽でなぁ。飯事《ままごと》で満足しているなら、お主の力量もその程度ということよ」

「言ってくれるね」

「本気で欲しいのならば、奪ってでも手に入れるのが甲斐性というものよ。それができねば潔く諦めることだ」

にやにやとからかう老人にフンと顎をそらし、少年は今一度、放った抗議文を手に取った。

「でもまぁ……ねえ？　戦争になっちゃうかもよ？」

「領土も女も奪い合うものだ。問題ない」

「大叔母上が嫁《とつ》いだ国でも？」

「関係ない。あやつも連れ帰れば済む話だ」

「ふ～ん？　でも父上が許すかな？」

「知れたこと。あれも奪って生まれたのがお主であろうに」

「あはは。確かに」

　皇妃の一人である少年の母親は、当時の婚約者と結婚式を挙げる前夜に、皇太子のお手付きとなった。現在皇帝である少年の父親は、そうして奪った皇妃が十人いる。

「なるほど。じゃあ貰っちゃおう」

　悪戯《いたずら》を思いついた子供のような笑みを刷《は》いた、須臾《しゅゆ》の間。少年の手に握られていた手簡が黒い炎に包まれ、あっという間に灰すら残さず燃え尽きた。

「とりあえず、彼女にお忍びで会いに行こうかな。ふふっ。待っててね、エメライン姉様」

　そう呟きうっそりと笑った少年を、老人は面白そうに眺めていた。

# 第6章　ユリエルはいろいろと苦労している

「待たせてすまないな」

清新潑剌《せいしんはつらつ》とした様子で応接室に現れたユリエル・アイヴィー・ヴェスタース王太子殿下は、面会を申し入れたシルヴィア・アン・エントウィッスル公爵令嬢と、セラフィーナ・シフ・フェアファクス侯爵令嬢に挨拶はいいと断ってから、座るよう促《うなが》した。

メイドのいれた紅茶を優雅に頂くユリエルを、シルヴィアとセラフィーナが怪訝《けげん》に見つめている。

「それで、何の用件だろうか」

「殿下。わたくしとセラフィーナ様は、最近とある方にお会いできておりませんの」

「ほう?」

「卒業パーティーでお会いしてから二週間です。シルヴィア様もわたくしも、ご機嫌伺《うかが》いのお手紙を何度か家人《けにん》に届けさせましたが、一度もお返事を頂けておりません」

「殿下。これは由々しき問題ですわ」

「未婚のご令嬢が外泊しただけでなく、二週間もご自宅へお帰りではないなんて」

「婚約者といえど、これはあまりにも身勝手。外聞を憚《はばか》るべきではありませんか」

「つまり？」

「『エメライン様はどちらです⁉』」

そう、あの卒業パーティー以来、エメライン・エラ・アークライト公爵令嬢は姿を消していた。

様々な憶測が噂《うわさ》されており、中には耳を疑うような荒唐無稽な話もあった。そのうちのひとつが、拐《かどわ》かされ売られたのだという大変不名誉な内容だ。貴族社会において、令嬢のそのような噂は致命的だった。

これらの悪意ある噂話は、アークライト公爵家を貶《おとし》めたい者の流言蜚語《りゅうげんひご》であり、エメラインを王太子婚約者の地位から引きずり下ろしたい者の極悪非道な所業の結果だ。

「エメラインならば、私の寝室でぐっすり眠っている」

ユリエルの答えに完璧な淑女《しゅくじょ》教育を受けてきた彼女たちには珍しく、あんぐりと呆《ほう》けた顔で固まった。なかなかに面白いと眺《なが》めていると、いち早く立ち直ったらしいシルヴィアが頬を赤らめながら抗議の声を上げる。

「もう正午を過ぎておりますのに、規則正しい生活を実践されてきたあのエメライン様が起きられない程の無体を強《し》いられましたの⁉」

「落ち着いてください、シルヴィア様。論点がずれております」

「ですがセラフィーナ様！　二週間ですのよ⁉　二週間も……！　きっ、鬼畜ですわ、殿下！」

「ははは。鬼畜とは手厳しいね。まあ、あながち間違ってはいない」

「開き直らないでくださいまし！」

「シルヴィア様。どうか気をお静めください。重要なのはそこではないです。いえ、わたくしも思うところは山程ありますが、今お伝えしなければならないことは他にあります。エメライン様の一生が懸かっておりますのよ」

「そ、そうですわね。わたくしったら、動揺のあまり取り乱してしまいましたわ。よくお止めくださいました。冷静なセラフィーナ様がご一緒で助かりましたわ」

ふう、と溜《た》め息《いき》をひとつ溢《こぼ》して、シルヴィアはユリエルにご無礼致しましたと謝罪する。

「穏やかじゃないね。エメラインに関することならば私も知っておきたい。どういうことだ？」

「ではわたくし、セラフィーナ・シフ・フェアファクスがご説明させていただきます」


現在貴族の間で実《まこと》しやかに噂されている流言の一つ一つを語って聞かせた。

醜聞と言える数々の流言蜚語に、ユリエルの整った連山の眉が次第に中央へと寄せられていく。

一目で不愉快極まりないとありありとわかる形相《ぎょうそう》になった。

「――なるほど。貴女方《あなたがた》が心配するはずだ」

「一度広まった流言は消せません。エメライン様のお立場は危ういものとなりましょう」

「そうかな？　彼女はずっと私と共に過ごし、王族の居住区に勤める者たちもそれは承知している。エメラインの世話をしている侍女たち然《しか》り、彼女の護衛を担当している近衛《このえ》騎士たちも然り、両陛下も夕食の席で毎日顔を合わせているし、エメラインが私の部屋で寝起きしていることも皆知っている。当然アークライト公爵にも許可を貰《もら》っているし、彼女がここ二週間、ずっと王族の居住区から出ていないことはたくさんの使用人たちが知っている。何より私が証人だというのに、よくもまあエメラインを貶める言葉を吐けたものだ」

凄絶な笑みを浮かべるユリエルに、シルヴィアとセラフィーナは背筋にひやりとした本能的な恐怖を感じた。

「……殿下。どうなさるおつもりですか？」

「そうだね。まずは影を動かして、噂の出所を突き止めようか。私の婚約者を辱《はずか》しめた罪は、きちんと償ってもらわないとね」

くつくつと喉の奥で嗤《わら》う。

エメラインが関わるとここまで恐ろしく変貌《へんぼう》するのかと、シルヴィアとセラフィーナはユリエルの認識を改めた。頼もしい反面、若干不安を煽《あお》るユリエルの悪役顔にふるりと肩を震わせ、これから独占欲という名の苦労をするであろうエメラインを憐《あわ》れんだ。

それから四日後。ある侯爵一家に沙汰《さた》が下った。

あらぬ噂話をでっち上げ、故意に広めて王太子の婚約者を貶めた罪。

流言を盾に取り、王太子妃候補の不適格を唱え、自らの娘を新たな婚約者として立てようとした罪。

王太子の婚約者の食事に毒を盛ろうとした罪。

王太子に媚薬《びやく》を盛り、既成事実を作ろうとした罪。

よくもまあこれだけのことを画策していたものだと呆《あき》れる程、叩《たた》けば埃《ほこり》が出るわ出るわ。

王族に、特に王太子に薬を盛るなど大罪中の大罪。侯爵家は爵位剝奪、媚薬を盛ろうとした娘は修道院送りとなり、侯爵家の家財はすべて残らず没収となった。

平民へと格下げされた一家は離散し、鉱山送りとなった父親と長男は脱走を図《はか》り投獄され、そこで謎の獄中死。王家の影が動いたとか動いていないとか。

娘は、修道院へ送られる道中で盗賊に襲われ、馬車ごと谷底へ落ちたらしい。監視官が谷底まで下り、死体を確認している。こちらも王家の影が動いたのではないかと密《ひそ》かに噂されている。

母親と二男《じなん》は母親の実家へ身を寄せているそうだが、母親の兄一家は咎人《とがにん》である彼らを疎《うと》ましく思い、離れで肩身の狭い思いをしているらしい。

こうして一連の騒動は、エメラインの知らぬ間にすべてが片付いていた。

◇◇◇

「――――ん……？」

「エメライン。まだ眠っているといい」

「ユリエル、様……今何時…んっ」

微睡《まどろ》みから覚め、うっすらと瞼《まぶた》を押し上げたわたくしの唇に、ユリエル様は甘く食《は》むような優しい口づけを落とします。

「朝の八時だが、起きなくていいよ。誰も咎《とが》めはしない」

「ですが……」

「昨晩も随分と無理をさせたからね。午後からはきちんと母上の補佐をしているのだから、ギリギリまでゆっくりしていてもいいんだよ」

昨晩と聞いて、わたくしは火が付いたように真《ま》っ赤《か》になりました。

「ふふっ。ようやく意識してくれるようになって嬉《うれ》しいよ。私の際限ない愛をもっと受け入れて」

「えっ？　あ、きゃっ」

薄絹の夜衣の上から、ユリエル様がゆっくりと双丘を揉《も》みました。ユリエル様の感触を肌が覚えてしまう程にはもう幾度も触れられていますのに、恥ずかしさはまったくなくなりません。もたらされる刺激から逃れるように身を捩《よじ》り、潤んだ目で覆《おお》い被《かぶ》さるユリエル様を見上げました。

「ゆ、ユリエル様。執務のお時間では？」

「……。そんな目で私を誘惑しておいて、仕事に行けと？」

「誘惑っ？　し、しておりません！」

「無意識？　危険だなぁ」

「何を仰《おっしゃ》っておられるのかわかりませんが、ユリエル様。わたくし、そろそろ家に戻ろうかと思うのです」

「……何故《なぜ》？」

途端不機嫌になったユリエル様をおずおずと見上げつつ、わたくしは心配しているだろう母を想《おも》います。

「もう随分と家に戻っておりませんもの。お母様にも無事な姿をお見せしなくては」

「手紙は出しているのだろう？」

「ええ、それはもちろん」

「では無事だとご存じなのだから、帰るなどとつれないことを言わないでくれ」

これは困ったと、わたくしは途方に暮れます。

「それに兄君のジャスパー殿が近々式を挙げるそうじゃないか。実家に戻ったとして、貴女も居づらいのでは？」

「それは……」

お兄様の婚約者様とは決して不仲ではありませんが、互いに遠慮してしまうくらいには確かに居づらいのです。わたくしの卒業まで婚姻を待ってくださっていたお兄様とその婚約者様に、これ以上負担を強いるのは不本意でした。

けれど、一度はお母様に顔を見せておきたいと思うのも本心なのです。そしてわたくし自身も、久々にお母様に会って甘えたかった。

「兄が結婚を控えているからこそ、尚更《なおさら》戻らなくては」

「――そう」

「……!?」

ユリエル様が再び覆い被さってきた、露の間。首筋に強く吸い付かれ、チクリと鈍い痛みがもたらされます。

唇が触れていた首筋を指でなぞると、ユリエル様がうっそりと笑いました。

「貴女が恥ずかしがると思って遠慮していたけど、こうなったら仕方ないよね？」

「え？」

「だって帰るなんて言うのだから。ならば帰れないように、この部屋から出られないように目立つ場所に私の所有痕をたくさん残すしかないよね？」

「え？」

「エメライン。貴女が悪いんだ。こんなにも恋い焦がれている私を置いて、ひとり実家に戻るなんて悲しいことを言うのだから。私と離れ離れになって、貴女は平気なのか？　私は耐えられない。貴女の温《ぬく》もりを知ってしまったのに、今更独りで眠れと言うの？　この部屋で、この寝具であんなにも愛し合ったのに、私に貴女のいない夜を過ごせと？」

「え……あの……ユリエル、様？」

「酷《ひど》いじゃないか、エメライン」

「あ、あの……んっ！」

チクリと、また首筋に吸い付かれました。角度を変え、場所を変え、項《うなじ》や鎖骨、胸の膨《ふく》らみにと、ドレスでは隠せない場所に赤い花を散らしていきます。

「んんっ……も、やぁ」

「エメラインが悪いんだよ？　本当はこのまま滅茶苦茶《めちゃくちゃ》に抱いてしまいたいけど、執務の時間が迫っているからね。残念だけど。でも多少は味わってもいいだろう？」

一度は振り払った胸の愛撫《あいぶ》に、わたくしはふるりと震えました。

「ま、待って、待ってぇ……！」

「待たない」

宣言どおり、ユリエル様は時間ギリギリまでわたくしをぐずぐずにして、満足そうに執務へ向かわれました。

ユリエル様に呼ばれた侍女たちは、しどけなく横たわるわたくしの姿に赤面し、剝《む》き出《だ》しの肌に咲く無数の所有痕にまた赤面したのでした。

こうしてわたくしは、ユリエル様の思惑どおりその日も帰宅は叶《かな》いませんでした。

◆◆◆

「ユリエル。あなたいい加減になさい」

訪れた私に、母上は開口一番そう仰った。

忙しい中、時間を作って呼び出しに応じたというのに、何故私は叱責《しっせき》されているんだ？

「何です、藪《やぶ》から棒に」

母上の小言を聞く時間があるなら、一時でも愛《いと》しいエメラインに会いに戻りたいのだが。

不機嫌に応《こた》える私を冷ややかに一瞥《いちべつ》する母上は、私に正すべきことがあると決めつけている様子だ。政務に追われる忙しい時期だというのに、まったく、無駄足じゃないか。

戻ったら、上がっていた穀倉地帯からの嘆願書に目を通さなくては。森林整備や治水の上申書も上がっていたな。商業関連の請願書もあったし、総務部からの意見書もか。優先順位を決めて早々に取り掛かる必要がある。特に穀倉と治山治水事業は急ぐべきだ。嘆願書や上申書が上がっている時点で、次の多雨時期に入れば河川《かせん》が氾濫する可能性が高い。穀倉地帯も、以前から土壌流出が問題になっている。対策を取らず放置したままでいれば、いずれ大規模な砂漠化を引き起こしかねない。そうなれば食糧の供給量が激減し、飢饉《ききん》が発生する。飢饉が起これば疫病も蔓延《まんえん》するだろう。連鎖を招く前に食い止めなくては。

故に、母上の小言など聞いている場合では断じてないのだが。

何故私がこれ程までに多忙なのか。それはひとえに陛下の仕業《しわざ》だ。陛下は、卒業したら容赦なく大量の仕事を回してくるようになった。王太子として以前からかなりの仕事量をこなしてきたが、今はちょっとやさぐれた気分になってしまう。

学生だった頃はそれなりの自由時間は確保できていたと思う。視察で街を訪れる以外は、大抵は王宮で過ごしていたからだ。私室で趣味の読書を楽しむ分にはそれで十分だったし、視察のたびにカトリーナ・ダニング男爵令嬢と遭遇してしまうので、気味が悪くて出掛ける気にもなれなかった。彼女とお忍びで会っているなどと、エメラインに誤解されたくなかったという理由もある。自分のための余暇が少なくても、当時はさほど困らなかった。

だが今は、さらに増えた仕事量に辟易《へきえき》してしまっている。必要性と緊急性は嫌という程理解しているが、これだけは言わせてほしい。

エメラインを愛し尽くす時間が足りないのだ。

そう、エメラインを味わい尽くす至福の時が！

「ようやく初恋叶って舞い上がっているのはわかりますが、あなたはいつまであの子を閉じ込めておくつもりなのです」

「何ですって？」

エメラインの、戸惑《とまど》いながらも頑張って応えようとしている姿はいじらしくて堪《たま》らない。搦《から》め捕《と》る私の舌に拙《つたな》く返す様も、肌をなぞれば可愛《かわい》らしく身を震わせるしどけなさも、許容値を超えた羞恥に耐えきれず涙を溜《た》める妖艶さも、すべてが私を魅了してやまない。

おずおずと見上げてくる上目遣《うわめづか》いは反則だろう。ああもう何であんなに可愛いんだ！　と、暫《しば》し明後日《あさって》の方へと意識が向いていた私は、母上の口から発せられた言葉に過剰反応してしまった。

「閉じ込めるとは人聞きの悪い」

「実際閉じ込めているようなものでしょう。ユリエル。エメラインをアークライト公爵家へ帰しなさい」

「これは異なことを仰る。エメラインは私の婚約者。来年には妻となる女性です。宰相には婚約期間も含めて帰さないと伝えてあります。絶対に公爵家へは帰しませんよ」

「執着の強い子だとは思っていましたが、まさかここまでとは……」

それの何が悪い。正妃候補である婚約者ただ一人を望んでいる私は、寧《むし》ろ健全だと思う。そのたった一人の唯一を一旦手放せとはどういう了見だ。

余計なお世話とばかりに怪訝な視線を返すと、母上は柳の眉を撥《は》ね上《あ》げた。

「そう。あなたがそのつもりなら、わたくしも婉曲《えんきょく》に伝えるのはやめましょう。いいですか、ユリエル。自重できないのならばアークライト公爵家へ帰しなさい。それがエメラインのためです」

「面白くない冗談ですね。どういう意味ですか」

「そのままの意味です。婚姻まであと一年。その前にエメラインが懐妊してしまったらどうするのです」

「それこそ国の慶事でしょう。何も問題などありませんが」

「大有りです。婚前交渉のうえ婚前妊娠など、貴族令嬢にとって十分すぎる醜聞です。たとえ相手が王太子であるあなたであっても、世間体は決してよろしくありません。エメラインは身持ちの悪い女性だと揶揄《やゆ》されてしまうのですよ。そもそも」

　段々とヒートアップしてきた母上の、両手で握りしめた扇子がミシッと不穏な音を立てている。

「懐妊は、女にとって大きな変化と負担を強いるものです。初期は悪阻《つわり》で食事もまともに摂《と》れず、抗《あらが》い難《がた》い強い眠気で日常生活もままならない。婚姻まで一年あるのは、何も慣習や準備期間だけの話ではありません。王太子妃となる者が次代を育む心構えをする、大事な期間でもあるのです」

「それは……」

「それだけではありませんわ。一年かけて仕上げるウエディングドレスのサイズ維持は、殿方《とのがた》が考えているよりずっと過酷なものです。ミリ単位でのスタイル維持に、女性がどれ程の努力を重ねているると思うのですか。あなたは自身の欲を押し付けて、エメラインのこれまでの努力を踏みにじっているのですよ」

　耳の痛い話だが、さすがにそれは言いすぎでは？

「避妊はしております」

「避妊具は確率を下げるだけで、完全に防げるわけではありませんよ」

「そのとおりですが、……母上。私はエメラインとの夜の営みについて、母上と意見を交わすつもりはありません」

「まあ。わたくしが言わずして、いったい誰が意見できると言うの」

確かに王太子である私に、婚約者とのあれやこれやに口出しできる者は両陛下以外におられないだろう。特にエメラインの体については、父上とて口にすることは憚られる。同じ女性である母上にしか言えないことだろうな。それに対して私がどう思うかはまた別問題ではあるが。

「エメラインを思いやって、帰すつもりはないのね？」

「ありません」

「ならばせめてあの子専用の部屋を用意なさい」

「別々に眠る選択肢もありません」

「あなたね……それじゃ、同衾《どうきん》して我慢できるの？」

「できませんね」

「何一つ妥協策がないじゃない！」

バキッと折れる音が部屋に響いた。とうとう握りしめていた扇子を壊してしまったようだ。

破壊された扇子をささっと回収し、新しい別の扇子を母上に差し出す女官長《にょかんちょう》の、実に無駄のない動き。伊達《だて》に母上が輿入《こしい》れした頃から仕えていないということか。

いつもは泰然とされた方なのだが、たまに母上はヒステリーを起こされる。まあ大抵が私に対してなのだが。

昔からエメラインのことでよく叱られたものだ。幼い頃、厳しい王妃教育に耐えかねて泣いていたエメラインを自室に招き、僅かな時間だったが二人きりで過ごしたことをお知りになった母上は、それはもう耳にたこが出来る程くどくどくどくどと説教した。それでも大人たちの目を盗み、度々エメラインを部屋へ招き入れていた。

いや、母上が仰ることは尤《もっと》もなのだ。

幼いとはいえ、未婚の男女が密室に二人きりというのは大変外聞が悪い。特に貴族令嬢であるエメラインが、ふしだらだと非難されてしまう。せめて扉を開けておくか、侍女を伴っているべきだったのだ。

立てなくていい悪評をエメラインに立てていたかもしれない。当時の私は浅はかすぎた。

「……」

現在は、まさにそれを実践してしまっている状況だった。二週間ずっと同衾共枕《どうきんきょうちん》し、悪意ある噂も立った。

そうか、と嘆息する。

やはり母上が正しい、か。

「――わかりました。実家へは帰せませんが、ご忠告どおり自重することにします」
「そうして頂戴《ちょうだい》。わたくしは一人息子であるあなたに疎まれてでも、あなたにとって唯一である
エメラインを守ります。不本意でしょうけど、聞き分けてくれて良かったわ」
女性の体については、当然ながら男である私などより同性である母上の方がずっとずっとお許し
い。その母上が私の尽きない情欲からエメラインを守ると仰るのだから、面白くなくとも従うべき
だろう。不満しかないが、これればかりは仕方ない。
ただ抱きしめて眠るだけでも幸せなのだ。それで良しとしよう。エメラインを苦しめないために
も、私は我慢を覚える必要がありそうだ。
以前は触れることすら叶わなかったというのに、私は随分と欲深くなったものだ。
「それから、あなたの都合で公爵家に帰さないのなら、それ相応の誠意を示しなさい」
「誠意？　誰にです？」
「アークライト公爵夫人に決まっているでしょう。今まで大切に育ててきた最愛の娘を、卒業パー
ティーに送り出した時にはその日のうちに戻ってくるものと疑ってすらおられなかったはず。それ
が行ったきり戻らないのです。半月も！」
ああ、以前エメラインが言っていた「無事な姿をお見せしたい」とはこういうことか。
一人納得していると、本日二本目の扇子がミシリと悲鳴を上げた。

「王宮へご招待して、エメラインとお茶の時間くらいセッティングしても罰は当たらないわ。エメラインはあなたの唯一無二で最愛でしょうけれど、それはアークライト公爵夫人にとってもそうなのですよ。母親にとって我が子がどれ程大切か。その狭すぎる視野を広げてよく考えなさい」

私も母上のただ一人の息子であるはずだが、いつも辛辣なのは気のせいだと思っておこう。

◇◇◇

「あの……ユリエル様……？」

「ん……？　どうした、エメライン？」

母上に注意されたその日の夜、エメラインを胸に抱き込んで微睡んでいると、彼女が戸惑いと僅かな不安を滲《にじ》ませて遠慮がちに話し掛けてきた。

ああ、それにしてもエメラインはどこもかしこも柔《やわ》らかいな。甘い花の香りとしっとり吸い付くような肌は、最高級の絹や天鵞絨《ビロード》などより余程上質で心地《ここち》好い。一度触れてしまえばもう戻れない。まるで麻薬のように中毒性があり、それが何とも言えない幸福感で満たしてくれる。

「あ、あの……今日は……その……」

顔を真っ赤にして、私の胸にコツンと額を預ける。

……なんだこの可愛い生き物は。今日はしないのかと、私を誘っている？　自重すると決めた私を誘惑するのか？　あのエメラインが？　私を？　今夜も欲しい、と？

　これは……たまらない。

「――エメライン」

「あっ。あの、いえ、違うんです！　ずっと殿下の夜のお相手はわたくしだったので、今夜は違うのだと確認を！　あの、わたくしが申し上げたかったことはそういうことではなくて！　今夜お相手された方のもとでお休みにならなくてよろしいのかと！」

「――は？」


　いや、なんだって？　エメライン以外の女と同衾共枕してきたのではないのかと、今そう言われたのか、私は？

「殿方はそのようにされるものだと学んでおりますので、わたくしに義理立てされてお戻りなのだとしたら申し訳なくて。あの、ご無理などなさらず、どうぞその方とお休みになってください」

「ちょっと待とうか、エメライン。貴女は誰のことを言っている？」

「え？　殿下のことですが？」

「私が、貴女以外の女を抱いていると？　半月もずっと貴女と同衾しているのに？」

「あっ、いいえ、違います。ここ半月の間の話ではなく、それ以前からの」

「待って。とりあえず待って」

キョトンと不思議そうに小首を傾《かし》げている。くっ、この小悪魔めっっ。

「私はエメラインが初めての相手だったのだが」

「え？」

「半月前に貴女を抱いたのが私の初めてで、それからもずっと貴女だけしか抱いていない。〝別の誰か〟など存在していないのだけど、貴女はどうしてそのような勘違いをしている？」

「え？　でも、殿方は一人の女性では満足できないのでしょう？」

「は？」

「衰えない欲を一人では受け止めきれないから、他のお相手も必要になるのだと」

「は？」

エメラインが理解できないといった戸惑いの色を見せる。私も理解できない。何だその極論は。

「エメライン。それを貴女に教えたのは誰？」

「あ、はい。閨《ねや》の作法を教えてくださったターナー夫人です」

「ターナー夫人……侍従長の奥方か」

覚えず舌打ちした。ビクッと肩の跳ねたエメラインの背を撫《な》で宥《なだ》めながら、余計なことを言ってくれたものだと渋面になる。

侍従長の入れ知恵だろう。エメラインにそのように認識させ、側妃《そくひ》を入れやすくするためか。

今上陛下は側妃を持たなかったため、生まれた王子は私だけだ。後宮の在り方としては落第点なのだろう。直系の血族が少ないことは、王家の存続に関わる一大事だ。侍従長の危機感も尤もだった。だがやり方が気に入らない。そして私がそんな浮気男だとあっさり受け入れているエメラインも気に入らない。

「私は以前貴女に告げたはずだ。正妃は貴女で、側妃はいらないと。私の妃は貴女ただ一人で、側妃も愛人も必要ない。私にはエメラインさえいればそれでいい」

「えっ……あ、あの、でも閨は」

「エメラインが頑張ってくれ」

「えっ？」

「王子をたくさん産んでほしい。王女も。王家血統の存続は、貴女ひとりに懸かっている」

「わたくし、ひとりに」

「今夜は貴女の負担を考えて我慢していたが、私に浮気を勧めるなんて酷いことを言うね？」

「え⁉　あの、えっ⁉」

おろおろと慌てるエメラインを組み敷《し》いて、まだうっすらと残る所有痕に重ねて吸い付いた。途端上がる甘い声に腰が疼《うず》く。

母上。エメラインが相手だと、私に自重など無理なようです。

でも今回、私は悪くない。断じて私のせいじゃない。

# 第７章　カトリーナ・ダニングの奮闘

乙女《おとめ》ゲームの世界だと思っていた。

だって私は、世界初のＶＲ版乙女ゲームのオープンβをテストプレイ中だったはずなのだ。バグだってクローズドβの段階よりもかなり修正されていた。だから、いつでもリセットできるし、セーブした所からやり直せるはずだった。

ところが、はめているはずのＶＲゴーグルに触れないのだ。というより、現実世界の私の感覚が希薄……うぅん。まったくと言っていい程、ヘッドセットの存在を認識できない。

それだけじゃない。メニュー画面が表示できないし、運営に連絡もできない。どうなっているのか、様々なトラブルがゲーム内で起こっていた。

思い返せば、おかしな現象はあちこちで起きていた。

本来のゲームのスタート地点は、平民から男爵令嬢になったヒロインが、新入生として貴族学園に通い始めるところからだ。

オープニングムービーで、攻略キャラや恋敵の悪役令嬢など主要メンバーが登場し、そんな中、ヒロインが期待と不安を胸に門をくぐるのだ。

プロローグは入学式。新入生代表の王太子ユリエルが壇上に上がり、挨拶を述べる。その時ヒロインと視線が合い、一人だけ平民上がりであることを知るユリエルが、気に掛けていると言わんばかりに微笑《ほほえ》む。それを目撃した王太子の婚約者であるエメラインが嫉妬《しっと》して、それから痛烈な嫌がらせを始めるようになる。

式の後、教室の場所がわからず困っていたヒロインと偶然鉢合わせしたユリエルが声をかけ、案内してもらう道すがら意気投合し、それをきっかけに次第に距離が縮まっていく。

段々とエスカレートするエメラインの嫌がらせがさらに二人の仲を深めていき、卒業式である舞踏会で、ユリエルがついに婚約者エメラインを断罪し、婚約破棄を申し渡すのだ。

断罪されたエメラインは処刑され、ユリエルはヒロインを新たな婚約者として公表し、一年後に結婚式を挙げる。それが王太子ルートのハッピーエンド。

でも、違った。

初《しょ》っ端《ぱな》から違った。

ユリエルたち攻略対象キャラと共に入学するはずの私《ヒロイン》は、最終学年の中途半端な時期に編入することになった。

猶予《ゆうよ》が一年もないなんて聞いてない。ヒロインがヒロインたる所以《ゆえん》の、大事なプロセスを担《にな》うはずの悪役令嬢が全然動いてくれない。

エメラインやその取り巻き令嬢たちが嫌がらせしてこないってどういうことよ。それどころかまったく関わってこようともしないじゃない。これじゃゲームは始まらないし、全イベント回収の時間もない。

私は焦《あせ》った。

何とかしてゲームを進めたかった。

だって始まってもいない。そもそもプロローグさえ成立していない。

出だしからバグってるし、表示されないメニュー画面と、連絡しようがない運営に、ただただ不安だけが募っていった。

ストーリーを進めていけば、不具合は回復するかもしれない。とりあえず一人でも攻略できたら現実世界に戻れるかも。そんな何一つ保証のないゴールに淡い期待を抱いて、比較的攻略しやすいメインヒーローの王太子ユリエルを狙うことにした。

ユリエルをクリアすれば、本命の隠し攻略対象キャラを解放できるという打算もあった。

だから、薄々気づいていた決定的なことから、私は目を逸《そ》らそうとしていたのだ。

私のキャラ名は、カトリーナ・ダニング。平民だった母を見初めたダニング男爵に、最近引き取られたばかりの庶子だ。

幼い頃に唯一の肉親だった母を亡くし、他に身寄りのない私は孤児院に預けられた。

父だと名乗るダニング男爵に会ったのは、貴族学園に入学する数ヵ月前だった。付け焼き刃で叩《たた》き込《こ》まれた淑女《しゅくじょ》教育は、半分も身に付いていない。ダニング男爵が今更何故《なぜ》私を引き取って貴族学園へ送り込んだのか、そんなことにさえ思い至らない程私の頭はお花畑だった。

——という、設定だ。

まずそこからおかしい。

確かにゲームを始める前に、あらかたの下調べはしていた。攻略対象キャラの性格や生い立ち、イベント、スチルなんてものは頭に叩き込んでおくべきなのは当然だけど、ヒロインのバックボーンもしっかり記憶していた。

だから、ヒロインの過去をいろいろ知っているのは当たり前なのだ。

おかしいのは、それが経験してきた過去として記憶に刷り込まれている点。

知識として記憶しているのではなく、経験として記憶しているということ。

私が経験として覚えているべきスタート地点は、ゲームのスタート地点のはずだ。つまり、プロローグの入学式がスタート地点でなければならない。

それが成立していない時点ですでに物語は破綻しており、私はログアウトできるはずだった。

滑《すべ》り出《だ》しからすべてがおかしい。

そして決定的だったのが、現実世界の私の名前を思い出せないことだった。

家族は？

友人は？

年齢は？

職業は？

それとも学生？

何一つ思い出せない。

ここが乙女ゲームの世界だと知っているのに、ゲームをテストプレイしているはずの私のことがまったく思い出せない。そんなのおかしい。

私は混乱した。戻れないのかもしれないと。

ううん。もしかしたらこっちの私が現実で、現実世界だと思っていたあちらの私が虚構なのかもしれない。

それともパラレルワールドのもう一人の私が、本当の私に憑依《ひょうい》している状態とか？

もしくは、今の私が転生したのがβ版をプレイしている別世界の私？

同じようにあちらへ転生した主要メンバーの誰かが、こっちの世界をゲームシナリオにしたのかもしれない。

卵が先か鶏が先かのようだけど、そう思わなきゃ自分を保てそうになかった。

悩んで悩んで悩んで、そうしてようやくこっちの世界を現実と受け止めた私は、悪役令嬢という役回りでしか見ていなかったエメラインを、一人の人間として見てみようと思った。

完全に吹っ切れた、とは言えないかも。

今も不安だし、私だけ宙ぶらりんと言うか、仮想世界と現実世界の狭間《はざま》に私だけがいるような心《こころ》許《もと》なさと言うか、形のないものに追い立てられているような焦燥感がある。そしてそれはそのまま自分の足場の脆《もろ》さを痛感することになり、その恐怖はいつまでもついて回る。

ずっと、他人との違いを埋められずにいる。

でも思い悩んだって答えは出ないし、だったら受け入れてしまった方が楽だと思った。

どうせなら、本命と思いっきり甘い恋愛をしたい！

物語の先の展開を知っているのだから、摘発に協力してユリエル殿下に恩を売れば、見返りとしてレイフ・アーミテイジ様と顔合わせさせてくれるかもしれない！

結果として教会の腐敗した上層部はごっそり摘発でき、風通しの良くなった教会と孤児院は以前よりずっと過ごしやすい環境になっている。

今まで国から出されていた補助金は、そのほとんどを上層部が掠《かす》め取《と》っていた。けれど今回の摘発のおかげで、常に資金不足だった孤児院は援助が受けられるようになり、子供たちもしっかり食べられるようになった。

まずは何をおいても飢えのない生活環境。これが一番大事。夜露を凌《しの》げる住まいは飢えより優先順位は下だ。まずは食べられる環境が最優先。

弟妹たちが一生懸命食べている姿を見るたびに、ユリエル殿下に協力してよかったと心から思う。

何故かエメラインにヤンデレ拗《こじ》らせてるけど、王太子としては優秀なのよね。

そういえばエメライン様、卒業パーティー以来見かけないけど大丈夫なのかな。

ユリエル殿下のヤンデレルートって、軟禁と粘着性執着の鬼畜エロスなんだよね……。ゲームの話では、ヒロインが孕《はら》むまで毎晩毎夜抱き潰して、妊娠してからも毎晩毎夜抱き潰す鬼畜だった。

──えっ。まさか、エメライン様……!?

私は、目の前でエメライン様との惚気話《のろけばなし》を延々と語っている王太子殿下を凝視した。

嘘《うそ》でしょ。やめてよ、ちょっと。あれはＴＬとか、そっち方面で許される仮想世界の話でしょ？現実的じゃない真似《まね》を現実世界でやっちゃダメでしょう！

「──ということがあってね。エメラインはまだまだ私の愛がどれ程深いかを理解していないと思うんだ」

「そんなことより、王太子殿下。エメライン様はお元気ですか」

終わりの見えない惚気話を容赦なくぶった切ってやった。

ユリエル殿下は器用に片眉を上げただけで、機嫌を損ねてはいない様子だ。

「元気だけど、驚いたな。ダニング嬢がエメラインの安否を気にするなんてね」

「否定はしませんけど。前の私なら気にも留めなかったと思いますし」

「そうだろうね。じゃあ何で今は気にするのかな？」

「半月以上お姿を見ていませんし、嫌な予感がするからですよ。まさかとは思いますが、というか、杞憂《きゆう》で終わってほしいと切実に思いますが、王太子殿下。エメライン様を日々抱き潰してませんよね？」

にこりと微笑みを浮かべるだけで、ユリエル殿下は肯定も否定もしない。それだけで察した。

あー！　と叫びたいのに叫ばなかった私を誰か褒《ほ》めて。

めちゃくちゃヤンデレ拗らせてる！　拗らせたまま！　何で⁉　卒業パーティーでギリギリ回避できたはずなのに！　エメライン様が危ない！

「王太子殿下。とりあえずエメライン様を解放してください」

「おや。余計なお世話だと思うけど」

「エメライン様のためです。このままじゃあの方は壊れてしまいますよ」

「ふうん？　貴女《あなた》は何を知っていて忠告しているのかな」

「あの方の生来のご気性から察するに、お人形のようにひたすら自我を押し殺す日々には耐えられないはず。末永くエメライン様とお過ごしになりたいなら、軟禁なんてしないで健全化を図《はか》ってください」

「軟禁、ねぇ」

「ではエメライン様は、卒業パーティー以来ご実家に一度でもお帰りになりました？」

再びにこりと微笑む。ホントにこの鬼畜王太子は！

「たまにお母上が訪ねてこられるよ」

「つまり一度も帰宅されていないってことですね」

「必要ある？　一番会いたいと言っていたお母上には会えているのに」

「それは王城で、でしょう？　ご自宅とは勝手が違いますし、結婚までの母娘《おやこ》水入らずの貴重な時間を取り上げてまで、エメライン様を留め置くのはどうかと思います」

「そうかな？　貴女は軟禁と言うけれど、エメラインは王族居住区を自由に出歩いているよ？」

「居住区だけですよね？　つまりは殿下のテリトリーから一歩も出ていないってことです。ある程度の自由はあるかもしれませんけど、これは立派な軟禁です」


嫌いじゃないのよ、こっちのエメライン様。寧《むし》ろ純粋すぎて心配になる。ヤンデレを拗らせすぎている鬼畜王太子殿下にずっと捕まっているだなんて、放《ほ》っとけるわけないじゃない。

「愛情も重すぎると逃げ出したくなるものです。愛は一方的に押し付けるものじゃなくて、互いに寄せ合うものでしょう？」

「私の愛情が押し付けだと？」

「そうです。まあ押し付けていた私が言うなって感じではありますけど」

「貴女も言うようになったね」

「壊れたエメライン様を見たくないだけです。人形のように無反応で、何も返さなくなったエメライン様を望んでいるわけじゃありませんよね？」

ユリエル殿下は怪訝《けげん》な視線を寄越してきたけど、数拍押し黙った後にわかったと首肯した。

「そうだね。そんなエメラインは私も不本意だ」

「じゃあご実家に帰してくれますね？」

「…………週に一度だけなら帰宅を許容しよう」

「ただ帰すだけじゃ駄目ですからね。ちゃんと一泊させてあげてください」

「むう」

むう、じゃない！　どんだけ狭量なのよ！

何でエメライン様相手だとポンコツなの⁉

「…………わかった。いいだろう」

「やった！　男に二言はないですね⁉」

「くっ……。ああ、二言はない。だが一泊だけだ。それ以上は許容しない」

「器ちっさ！」

「なんだって？」

「何でもないで～す」

まあとりあえずは軟禁解除、かな？

今までの罪滅ぼしじゃないけど、エメライン様。ささやかですが自由を勝ち取りましたよ！

「うん？」

「あの、それで、殿下。今日私を呼び出したのって、お約束してくださった褒美の件ですよね？」

「え？　いやいや。……え？　ちょ、ちょっと。まさかエメライン様への惚気を延々聞かされて終わりですか⁉」

「ははは」

「ははははじゃないですよ！」

エメライン様のこと以外でもポンコツだったとか、本気でやめてほしいんですけど！

「ちょっと！　話違うじゃないですか、フランクリン様！」

「いや、私に言われても」

唐突な流れ弾を食らったサディアス・エスト・フランクリン公爵令息様が、ウィローグリーンの瞳を驚きで見開き、そのあと咎《とが》めるように「殿下」と苦言を呈《てい》した。

もっと言ってやってくださいよ。

「ちょっとした意趣返しだ。許せ」

「王太子殿下って、そういう性格でしたっけ」

じとりと睨《にら》めば、にっこりと爽《さわ》やかで完璧な微笑みを寄越してくる。

悔《くや》しいけど、顔だけは無駄にいいのよね。好みじゃないけど！

「ご所望のアーミテイジ卿《きょう》に会わせることは心安いが、口利きまではしない。自力で誼《よしみ》を結べ」

「もちろんです！」

「アーミテイジ卿は、貴女が学園に編入するずっと前からエメラインにつかせていた。その意味はわかるか？」

「うっ……わ、わかります」

つまりは、私が彼女にやってきたあれやこれやを全部見聞きしてきたということ。

だって！

ゲームだと思ってたんだもん！

「あれは実直な男だ。ずっと見守ってきた彼の方が、恐らく私などよりエメラインの血の滲《にじ》むような日々の努力を熟知している。故に、貴女への心証は決して良くないと心得るべきだ」

「はい。わかってます」

「それでも面会を望むか？」

「望みます」

一瞬の躊躇《ためら》いもなく、私は言い切った。

スタートラインどころか、マイナスからの出発点だとわかってる。

ユリエル殿下のご下命《かめい》で嫌々ながらも面会はしてくれると思う。でもきっと、いや絶対、再度の面会は受けてくれない。ユリエル殿下の手前、今回は無視したり抱く悪感情を顔に出したりなんてことはまずしないはず。あくまでユリエル殿下の前では、と注釈が入るけど。

自業自得だから。

あんな真《ま》っ直《す》ぐすぎるエメライン様を、ずっと貶《おとし》めてきたのは私自身だから。

エメライン様本人が私を断罪しない代わりに、彼女をずっと陰で護《まも》ってきたレイフ様が私を断罪するのは間違ってない。私の最悪な醜態ばかり目《ま》の当《あ》たりにしてきた彼こそ、エメライン様の代弁者に相応《ふさわ》しい。

エメライン様は、私を嫌ってはくれなかった。

いつも誠実で、親切で、優しくて。私はズルして聖女なんて呼ばれてるけど、本当の聖女ってエメライン様を指すのだと思う。

好き勝手やってきて、今更何言ってるんだって自分でも思うけど。

だから、甘んじて受けよう。

役割で言うなら、私こそ聖女を虐《いじ》めた悪役令嬢なのだから。

それに。

「ふむ。脂下《やにさ》がった顔つきだな」

「……殿下。仮にも女性に対して失礼ですよ」

「また良からぬことを企《たくら》んでいるんじゃないか」

「エゼキエル。お前も大概失礼だぞ」

フランクリン様こそ失礼だと思うんですけど。

仮にも女性ってなに。仮も何も、生まれた時から、もっと言えば前世から女性ですけど⁉

にやけてしまったのは否定できない。

だって、マイナスからのスタートだよ？　これ以上下がりようがないでしょ？　だったら上だけ見上げていればいいんだから、寧ろシンプルでいいわ。

それに、毛虫を見るような目で見てくる相手を落としてこそじゃない。恋愛の醍醐味《だいごみ》って！

絶対メロメロにさせてあげるんだから！

覚悟して待ってなさい、レイフ・アーミテイジ様！

「何やら不穏なものを感じるが、転んでもただでは起きないその根性はさすがと言うべきか。私も見習うべきかな」

「殿下。やめてください」

頭痛がするのか、フランクリン様が顳顬《こめかみ》を擦っている。

「これ以上拗らせないでいただきたい。アークライト嬢が不憫《ふびん》です」

「む。何故だ。愛ゆえの執着だろう」

「執着だとの自覚はおありなのですね」

「当たり前だ。何年恋い焦がれてきたと思っている」

ふん、と腕を組んだユリエル殿下が斜に構えた。

こんな傲然たる態度さえ絵になるなんてずるいと思う。

「サディアス。本音を言え」

「何のことでございましょう」

「お前がエメラインを気遣うなど今更過ぎる。エントウィッスル嬢から何を言われた」

「ダニング嬢とほぼ同じ内容を延々と、ネチネチと言われ続けておりますが、何か」

ユリエル殿下が口を噤《つぐ》んだ。

シルヴィア様、グッジョブです。

やっぱり同じ女として口出ししちゃいますよね。半月以上軟禁なんて酷すぎる。

「こちらにも二次被害が出ておりますので、アークライト嬢を速やかにご実家へ帰らせて差し上げてくださいね」

「はあ。……わかっている。先程そう約束したのだから、違《たが》えることはない」

「それは重畳《ちょうじょう》。くれぐれもよろしくお願い致します」

不承不承とばかりに麗《うるわ》しいご尊顔をしかめている。そんなに帰したくないのかとツッコミそうになった。

まるでひっつき虫のように厄介ね。

それでもあのエメライン様なら、聖母の微笑みで「仕方のない方ですこと」と何でもないかのように甘受しそうだけれど。軟禁されてこれって、本当に凄《すご》い人だわ。

「ダニング嬢。そろそろ心の準備はいいか」

さっさと旗色が悪い話題を変えたいんだろうなぁと思いつつ、ユリエル殿下の言葉にごくりと生《なま》唾《つば》を嚥《えん》下《か》した。

首肯した私を一瞥《いちべつ》して、ユリエル殿下が「入れ」と声を発する。

カチャリと音を立てて、扉が開いた。

最推しの、レイフ・アーミテイジ様のお姿を、私はこちらの世界で初めて目にした。


レイフ・アーミテイジ。

王家の影と云《い》われる特務隊に所属。表向きは近衛《このえ》騎士団に籍を置く。

アーミテイジ辺境伯の三男で、自身も父親から受け継いだ子爵位を持つ。

御年二十五歳。独身。婚約者とは死別。

五年前からユリエル王太子殿下に仕《つか》える。ユリエル殿下の忠実な影。

黒髪に赤い瞳をした寡黙な美丈夫。

ゲームでCVを担当したのは、『耳から妊娠させられる』と評判の、悶絶《もんぜつ》必至な超人気声優。

公式発表されたスチルから、お色気担当と大きな期待をされていた。

ゲームでは、ユリエル殿下の好感度が上がる最初のイベント後に、護衛としてこっそりヒロインのカトリーナにつけられる。

王太子ユリエルを攻略後に解放される隠しキャラで、ユリエル殿下の最初のイベント後に新たな分岐が発生する。王太子攻略前だと発生しない選択肢が現れ、王太子ルートである『隣国からの夜会の招待状を受け取らない』選択肢がなくなる。

隣国からの夜会の招待状って、受け取ると病み王太子ルートに突入しちゃうんだよね。

病みエル殿下はこれをきっかけにヒロインを監禁しちゃうし、孕むまでとか、孕んでからもとか、ヤバい展開てんこ盛りルートから抜け出せなくなっちゃうのよ。

病みエル殿下、本気でヤバい。

……うん？

まさか、エメライン様が軟禁状態なのって……。

いやいや。いやいやまさか。

隣国の夜会イベントなんて、こんな時期じゃなかったもの。

うん。気のせい。偶然。偶然ったら偶然！

気を取り直しまして。

これでレイフ・アーミテイジ子爵のルートに入ったことになり、彼の最初のイベント、『教会で魔物騒動』発生。実はただの野犬でしたというオチだけど、身を挺《てい》して子供たちを守ろうとしたヒロインに惹《ひ》かれ始める大切なイベントだ。

問題は、どうやって彼を教会へ誘うか、なんだけど。

普通に「一緒に教会へ行きませんか！」と誘ったところで、そんな暇はないとけんもほろろに突き放されるだけだろうなぁ。

ちらりとレイフ様を見上げた。

何の感情も窺《うかが》えない、能面のような作り物の顔だ。でもそんな顔でさえ素敵だなんて、ずるいわ。ああ、本当にいい男。イケメンは、どんな表情でもイケメンなんだわ。

声が聴きたい。

あの、腰が砕けそうな艶《あで》やかな美声を聴きたい。


「アーミテイジ卿。すでに知っているだろうが、こちらはカトリーナ・ダニング男爵令嬢だ。教会摘発の協力に対する褒賞に、彼女は貴殿との面会をこいねがった。暫《しば》し貴殿の時間を彼女と共有してあげてほしい」

「…………御意」

返答までの間に相当な葛藤が垣間見《かいまみ》えたけど、いい！　たった二文字だけど声が聴けた！

はあ〜ん……これは堪《たま》んない！　耳元で囁《ささや》いてほしい！

あっ、それだと妊娠しちゃう？　きゃーやだーっ！

「……」

おっふ。

レイフ様の無言の拒絶感が半端ない。

その蔑んだ赤い双眸《そうぼう》がまたいい！　もっと蔑んで！

すると、ユリエル殿下が何とも言えない微妙な顔でポツリと呟《つぶや》いた。

「……貴女は本当に逞《たくま》しいな」

「お褒めに与《あずか》り光栄です！」

「一言も褒めていないのだが」

「ありがとうございます！」

益々《ますます》微妙な顔になるユリエル殿下。失礼ですね。

「では、アーミテイジ卿。後は貴殿に任せる」

「御意」

折り目正しく一礼してユリエル殿下ご一行が退室していく背中を見送るレイフ様。素敵。

扉は開け放たれたまま、王宮侍女が二人そのまま室内に待機している。正直邪魔だけど、未婚の男女が密室に二人きりというのは貴族社会では醜聞になるからっていう配慮なのはわかってる。本当に貴族って堅苦しくて嫌になるわ。

でもわかってるの。これは私のための配慮というより、レイフ様の醜聞を避けるための処置だってことくらい、私にだってわかる。

つまり、レイフ様は当然のこと、ユリエル殿下方にも信用はされていないってことよね。

まあ今までの私の言動から考えれば、当然の対応じゃないかしら。無意味で理不尽な言葉を吐き続けてきたものね。

さて。二人きりではないけど、念願の最推し隠し攻略キャラと腹蔵《ふくぞう》なく話せる唯一の機会。

次に繋《つな》げられるかは今回の面会次第。

「初めまして！　カトリーナ・ダニングです。ずっとお会いしてみたかったんです、レイフ様」

「……レイフ・アーミテイジだ。まず出だしから君は間違えている。ファーストネームは家族や婚約者以外の者が呼んではならない」

「あ、そうでした。ごめんなさい」

おっと。初っ端からお小言もらっちゃった。

シルヴィア様たちからも注意されてたのに、やっちゃったな。というか、やっぱりいい声！　もっと喋《しゃべ》って！

「初対面でこんなことを言っては失礼に当たるが、言わせてもらおう。殿下のご命令でもないかぎり、俺があなたに会うことはない。二度目はないと理解してもらいたい」

「わかってます。私はエメライン様のことでアーミテイジ様のお怒りも買っていると知っています。エメライン様はお優しい方なので、決して私を責めたりしませんでした。断罪してくださるなら、あなただと思っていたんです」

「なに？」

レイフ様の、血のように真っ赤《まか》な双眸が驚きに見開かれた。

私がそう返すとは思ってもみなかったと、如実に物語る驚きだった。

「あの時は私にも諸事情がございまして、とか言っちゃうと、言い訳や責任回避になっちゃいますから言いません。私の事情はあくまで私だけの問題です。そこにエメライン様のお立場や心情は考慮されていません。だから、きちんと罰を受けなくちゃと思っていたんです」

裁かれないまま何事もなく、寧ろ以前より快適さの増した環境を与えられて、のうのうと暮らしているのは駄目だと思うのよ。

「下手するとあの方、今までのあれやこれやを笑顔でなかったことにできそう……というか、最初から歯牙にもかけてませんでしたよね」

寛大なのか、鈍いのか、惚《とぼ》けているのか、謀っているのか、結局最後まで読めなかった。今も全然読めないけど、そのまま鈍い天然ご令嬢が正解なんじゃないかと密かに当たりをつけている。

じゃなければ、完璧に研磨された水晶玉のように、枯れ葉に擬態する虫のように、弱みとなる一切の感情を殺してしまえるということになる。

もし本当にそれができていたなら、私はエメライン様が心底恐ろしい。

長年王妃教育を受けてきたであろうエメライン様の心の内は、そう簡単に読み取ることなんてできっこない、はず。付け焼き刃程度の淑女教育しか受けていない私が、しかも下級貴族の教育水準ですら会得できていない、根っからの庶民である私が、高等教育を極めたエメライン様を簡単に看破できるはずがないのだけど。

できると勘違いした時点で、彼女のこれまでの刻苦勉励《こっくべんれい》を侮辱したことになる。

でも勘だけど、今までのエメライン様が偽りだったとは、どうしても思えないのよね。

「――エメライン様は、お人柄が純粋で、堅固なお心を持った、淑女の鑑《かがみ》と云われる御方だ」

それまで沈黙していたレイフ様が、眉間《みけん》にくっきりと深い縦皺《たてじわ》を刻んだままぽつりと溢《こぼ》した。

「故に、あの方のお心を揺さぶるのは、決して容易なことではない」

「確かに。すごくポジティブな方ですよね」

「君の認識どおり、君が何を仕掛けようとも、当時のエメライン様は歯牙にもかけておられなかった」

「はい。最高峰の淑女教育ってすごいです」

「王太子殿下も、エメライン様ご本人も、君を罰してはおられない」

「はい」

「その罰を与えるのが、この俺だと？」

「そうです」

決して責めたりしないエメライン様の代わりに、レイフ様から断罪してもらおうなんて勝手な話だし、これはただの私の自己満足であって、断罪がエメライン様の望む形であるとはかぎらない。それはレイフ様にも言えることで、エメライン様の代弁者なんて役割を押し付けているだけだ。

単純に私が、懺悔《ざんげ》して楽になりたいだけ。

心を軽くしたい。肩の荷を下ろしたい。

どこまでも自分勝手な理由。レイフ様は、それに付き合わされているだけ。

はっきり言って、このやり取りでさえ茶番劇だ。

「…………なるほど。案外頭は悪くない、か」

「え？」

「いや、失礼した。ご令嬢に向けるべき言葉ではなかった」

「ああ、いえ。構いません。学園での私を見てよく知っているのは、一番の被害者であるエメライン様のお側《そば》近くに控えていた、アーミテイジ様だと思いますから。他人事《ひとごと》のように自分で言うのもなんですが、頭のネジが何本か飛んでいるような危険人物でしたからね、私」

「ねじ？」

「あー、えっと、頭がおかしいって意味です」

「ああ」

「〝ああ〟って」

言う資格ないけど、納得するって酷《ひど》くない？

ちょっぴりムッとしていると、レイフ様の赤い双眸が柔《やわ》らかくなった。

「…………笑った……」

ああ！　せっかく緩んだ表情がまた厳《いか》つくなっちゃった！

でもどっちも麗しい！

このタイミングで微笑むとか私を殺す気ですかそうですかこれが罰なんですねありがとうございます！

「……君はいろいろとおかしい」

「よく言われます」

「俺の知っているご令嬢とは、言動の何もかもがかけ離れている」

「通常運転です」

「まず礼儀がなっていない」

「それもよく注意されます」

「異性との距離感がおかしい」

「え？　そうですか？」

確かに、ユリエル殿下の腕に抱きついたりとかしていた頃は、さすがにそれは駄目だろうと今ならわかるけど、でも現在進行形で言われてる？

レイフ様と呼んで失敗しちゃったけど、他の男性のファーストネームは呼んでいないし、ボディタッチもこっちでは娼婦《しょうふ》がやることだと指摘されて改めた。

ちゃんと改善はされていると思ってたけど、いったいどこにまだ問題が？

本気でわからなくて小首を傾《かし》げていると、レイフ様が心底呆《あき》れた様子で追加指摘してきた。

「それだ。相手の目を見て会話するのはマナーの基本だが、君のそれは男に媚《こ》びているように映る」

えええぇぇ〜……それってどれ。

媚びる？　目を見て会話が基本なのに？　媚びるってなんだっけ。

難解すぎて途方に暮れる私を見て、レイフ様がうんざりしたように嘆息した。

ちっ、違うの！

教えてもらえれば直すことはできるから！

これでもちょっとはマシになってるんだから！

いろいろカバーできていない部分は、伸び代だと思ってほしい！

焦った私は、唐突に脈略のない、きっとあったはずの手順とかまるっとすっ飛ばして、主語のない願望だけを口走っていた。

「きょ、教会に一緒に行きませんか！」

ああ、また失敗した。

◇◇◇

正直、何で教会に同伴してくれる気になったのかわからない。

口走ってしまったあと、ああ、これでもう二度と会ってもらえないのかと覚悟した。でも、レイフ様は数拍押し黙ってから、長居はできないがと付け加えた上で承諾してくれた。

嬉《うれ》しい。

どうしよう。

嫌悪はされてないいってことかな。

砂粒程はもう少し一緒にいてもいいと思ってくれたのかな。

ここから頑張ったら、また会ってくれるかな。

ドキドキそわそわしながら馬車に揺られてやってきたのは、貴族になる前まで暮らしていた孤児院だ。教会に併設されたここには、親を亡くしたり捨てられたりした子供たちがたくさんいる。

午前中は神父様やシスターに読み書きを習うので、正午を大幅に過ぎた今頃なら、子供たちは内職や院内の畑仕事を手伝っている時間帯だろう。

「あ！　お姉ちゃんだ！」

「おかえりなさ～い！」

予想どおり畑の世話をしていた年少の子たちが、三日ぶりに訪れた私を見つけてわらわらと駆け寄ってくる。

「今日は泊まれるの？　またいなくなっちゃう？」

「こらっ。無理言わないの！　お姉ちゃんはもう平民でも孤児でもないから、ここには泊まれないんだよ」

「難しいこと言われてもわかんないよ……もう来られないってこと……？」

「いいえ。毎日だって来られるし、何日だって泊まれるわ」

そう言うと、年下の子たちを宥《なだ》めていた一番年長の女の子が、誰よりも真っ先に見開いた目を向けてきた。

「ほ、本当に？　でも、お姉ちゃんが孤児院に来ると、お姉ちゃんを引き取った怖いおじさんが怒らない？」

「大丈夫。お姉ちゃんね、あのおじさんの弱点握ってるから、文句なんて言えないのよ」

「じゃ、じゃあ、今日泊まれる？　明日も？　明後日《あさって》も？」

「もちろん！　寂しい思いをさせてごめんね。シェニーだってまだまだ甘えたい年頃なのに、頑張って年下の子たちの面倒見てくれてありがとう。ただいま、みんな！」

途端、シェニーは焦げ茶色の両眼にぷっくりと涙を溜《た》めて、うわあああん！　と大声で泣き出した。

これまで自分たちの面倒を見てくれていた、しっかり者のシェニーが大泣きしている事態に年少の子たちがびっくりして固まっている。

「よしよし。頑張ったね。偉いぞシェニー」

抱きしめて頭を撫《な》でていると、大泣きするシェニーに驚いていた年少の子たちが、唐突に火が着いたように一緒に泣き始めた。

「あ～はいはい。みんなもびっくりしたね～。大丈夫よ～」

複数人が泣《な》き喚《わめ》く場面は、孤児院《こじいん》では日常茶飯事だ。だから必然的に年上の子が慰めたり宥めたり、仲介に入ったりと、役割は決まっていた。私もそうやって育ったし、面倒を見てもらって、年下が増えれば面倒を見るようになった。上の子からたくさんのことを学び、また自分も年下の子に教わったことを伝えてきた。誰もが家族で、兄弟だから。

傍《はた》から見たら収拾がつかないカオスな状況に見えるかもしれないけど、これも立派な同感なんだよね。

感情の共有。共感。分かち合い。

そうして兄弟の気持ちを理解しようとする。これも情操教育に必要な、大切な時間なのだ。

みんなまとめて抱擁していると、ふと見下ろしているレイフ様の視線に気づいた。

「ええと、何だか急に騒がしくてすみません」

「……いや、構わない」

構わないって顔じゃないんですけど。

その何とも言えない、形容のできない妙な表情は、何を考えてそうなったのかまったく読めないじゃない。

何を言えばいいのかわからない。正解がわからない！

そんな落ち着かない顔をしていたのか、私の様子に気づいたレイフ様は複雑そうな面持《おもも》ちでこう続けた。

「君は、よくわからない人だ」

それもよく言われますが、今の私にとってあなたこそがよくわかりませんが。そっくりそのままその言葉をお返ししてもいいですか。

「君が学園でエメライン様に取っていた悪態の数々が、実は俺の被害妄想だったんじゃないかと思ってしまう程度には、ここでの君は別人だ」

「あ～……」

子供たちに対してもアレだと、私ってただのガキ大将じゃない。それも年下で、物理的に押さえ込める相手に高圧的って。淑女以前に人として終わってる。

「君は俺に断罪の代行を望んだ。学園での姿だけなら、俺は簡単にそうできただろう。たとえ殿下やエメライン様に制止されたとしても、俺は私刑と理解した上で君を裁いたはずだ」

「はい。それこそが私が望んだ形です」

「では何故俺をここへ連れてきた？　断罪を望むなら、学園でのあの姿こそが君の正体なのだと俺に思わせておく必要があったはずだ。本当にそう望むなら、君は俺をここへ連れてくるべきではなかった。いや、混乱こそが君の狙いどおりなのだとしたら、俺は簡単に詭計《きけい》に引っ掛かったということか」

後半はブツブツと独り言を口走っていたようだけど、私にはバッチリ聴こえましたからね？

未《ま》だぐすぐすと泣《な》き止《や》まない子供たちを畑へ送り出してから、私はレイフ様を真っ直ぐに見上げた。

「だって、好きになってもらいたかったから」

「――は？」

色っぽい真っ赤な双眸が、ゆっくりと驚きに見開かれる。その様子に満足げに微笑んで、さらに言葉を重ねた。

どうか、意識して。僅かでもいいから、私を見て。

「断罪してほしいのは本当。ちゃんとけじめをつけたい。本音を言えばエメライン様本人から平手打ちくらいはしてほしかったけど、あの方はそんな野蛮な真似は絶対しないだろうから」

「それは当然だ。そのように長年教育を受けてこられたのだ」

「はい。エメライン様の激情を私が引き出すことは、たぶん不可能なんだと思います。でもずっと間近に見続けてきたアーミテイジ様なら、そのフラストレーションが溜まりに溜まりまくっているだろうから、断罪の代行を簡単に引き受けてくれそうだと思ったんです」

「随分と安く踏まれたものだが、確かにまんまと引っ掛かったからな。その点は何も言えまい」

「それは、ごめんなさい。そんなつもりでお願いしたわけじゃないんですけど、今更何を言ったところで言い訳にしか聴こえませんよね」

「まあ、そうだな」

「でも、私にとって断罪は、区切りとしてどうしても必要なものなんです。それを叶《かな》えてくれる方が、ずっと憧れていた、大好きなレイフ・アーミテイジ様ならこんな幸せなことはありません」

また、固まった。

私に好意を寄せられると、困るのかな。

それとも、断罪しにくくなる？

じっと見つめれば、苦り切った表情で顔を背《そむ》けられた。

「あなたが好きです。レイフ様」

「っ！　だから、ファーストネームは」

「これっきりです。愛を告げるのに、ファミリーネーム呼びだと味気ないでしょう？」

「……」

「好きです。ずっと好き。これからもレイフ様だけを愛しています」

「やめてくれ」

やめてくれと、もう一度口にする。

「俺には婚約者がいる」

「知ってます。でもお亡くなりになったと」

「ああ。確かに儚《はかな》くなって数年経《た》つ。それでも俺には彼女以外の女性を伴侶には選べない」

やっぱり駄目か。わかってたけど、はっきり断言されるとキツイなぁ……。

「……」

……うん？

選べない？

選びたくないとか、考えられないとかじゃなく？

「選べないって、どういう意味ですか？」

聞いた刹那、口が滑《すべ》ったと言わんばかりにレイフ様の表情が強張《こわば》った。

え。

え？

えっ。

「今も婚約者を愛しているから他の女性を選べない、ではなく、別の理由で選べない？」

「君には関係のないことだ」

「否定しないいんですか。亡くなった婚約者に想《おも》いを残しているわけじゃないなら、遠慮はしません」

「たとえそうでも、俺が君を選ぶことはない」

「否定しないんですね。それでもいいです。私が勝手にあなたを愛して、あなたを口説《くど》くだけですから」

苦虫を嚙《か》み潰《つぶ》したような顔をしたって、もう遠慮なんてしないんだから！

絶対諦めたりしないわ！

そう意気込んでいた、露の間。

畑へ送り出した子供たちの方から、子供特有の甲高い悲鳴が上がった。

ああ、そういえば野良犬が紛れ込むイベントがあったっけ——そんな、どこか気の抜けた緩慢な視線を向けた私は、あり得ない光景に体が震えた。

その場にいるのは野良犬だったはず。

なのに、どうして王都に、無防備な子供たちがいるこの孤児院に、辺境の地に稀《まれ》に現れるという魔物がいるのか。

真っ黒い靄《もや》に包まれた、大きな猪《いのしし》に似た魔物が咆哮《ほうこう》を上げる。恐怖に固まった子供たちへ、魔物が鋭い牙を向けた瞬間、私は喉から信じられない程響く金切り声を発した。

「――やめて!!」

その刹那、血液が沸騰するような、爆発的な奔流《ほんりゅう》が全身を駆け巡った。

辺り一面を、キンと冷えた冷気が漂う。

今にも襲い掛からんとする躍動感そのままに、巨猪はその場で氷の彫像と化していた。

「氷の……魔力、だと」

レイフ様の、うつけたような呟きが耳朶《じだ》を打った。

氷の魔力……？

そんなはずは……だって、ヒロインに氷の魔力はなかった。

希少な氷属性を持っていたのは、ヒロインじゃなくて、悪役令嬢の。

――エメライン・エラ・アークライト。

# 第8章　結婚式

「氷の魔力？」

神妙な面持《おもも》ちで是《ぜ》と答えるアーミテイジ卿《きょう》に、私、ユリエル・アイヴィー・ヴェスタースは目を通していた書類から視線を上げた。

「わかっているとは思うが、氷の魔力は水の魔力の上位魔法に当たる。そんな希少魔力を、ダニング男爵令嬢が保有していると？」

「間違いございません。孤児院に侵入した魔物を一瞬で氷結させました」

「待て。孤児院に魔物だと？　魔物避《よ》けの結界が張られている王都に、魔物が侵入した？」

「あっ、申し訳ございません！　氷の魔力の衝撃が強すぎて、報告を失念しておりました！」

王都を覆う結界は、過去一度も魔物の侵入を許していない。タリスマンと呼ばれる結界石が王城に存在しているかぎり、如何《いか》なる魔をも寄せ付けない鉄壁の護《まも》りを誇ってきた。

王家の役目は、このタリスマンに魔力を注《そそ》ぐこと。常人より圧倒的に多い魔力量を持つ王家は、代々そうして王都を守護してきた。

各地方都市には臣下に下った王族が住まい、王城の物には劣るが、同じくタリスマンで都市を守護している。故に、魔物による被害届が出されるのは僻邑《へきゆう》ばかりのはずだ。

「エゼキエル」

「直《ただ》ちに手配致します」

古参貴族であるグリフィス侯爵家の者は、皆が一様に僅かな魔力の残滓《ざんし》さえ読み取れる能力を持つ。緻密な作業を得意とするグリフィス侯爵家は、その性質から必然的に王太子の側近候補とされてきた。

グリフィス侯爵家正嫡であるエゼキエルもまた、残された僅かな魔力を辿《たど》れる程の敏感な感覚を持っている。侵入などできないはずの王都に突如として魔物が現れたというならば、誰かが結界内部で召喚術を行使したということだ。ならばグリフィス侯爵家の出番だろう。

「ダニング男爵令嬢はどうしている？」

「本人も驚愕《きょうがく》していた様子から、自身に氷の魔力が備わっていたとは知らなかったのでしょう。青褪《あおざ》めていたので、そのまま孤児院で休ませました」

「では今も孤児院か？」

「はい。数日は宿泊すると子供たちに告げていましたので」

「なるほど……。アーミテイジ卿」

「はっ」

「引き続きダニング男爵令嬢の護衛を任ずる」

「は……」

何で自分が、とでも言いたそうな顔だ。

快く思っていない相手に張り付いていろと言っているのだから、アーミテイジ卿にしてみたら面白くない命令だ。だが彼も騎士のひとり。護衛対象が好ましい相手ばかりではないことくらい百も承知だろう。選《え》り好《ごの》みが許される立場でもない。

それに、彼でなければならない理由はちゃんとある。

「……しかし、私にはエメライン様の護衛の任がございます」

「ああ、わかっている。エメラインをずっと守ってきた貴殿にとって、今更その任から外れろと言われるのは納得いかないだろう」

「……」

「だが、ダニング男爵令嬢が魔物を氷結させた場に居合わせたのが貴殿だけであれば、彼女の護衛もまた貴殿であらねばならない」

そう、氷の魔力は希少だ。

可能な範囲にはなるが、できるかぎり情報は秘匿しておきたい。

「……それは、カトリーナ・ダニング男爵令嬢の監視を兼ねている、ということでしょうか」

「そういうことだ」

僅かに寄った眉間《みけん》の皺《しわ》をそのままに、アーミテイジ卿は騎士の礼を執る。

「仰《おお》せのままに」

「頼んだよ、アーミテイジ卿」

「御意」


退出するアーミテイジ卿を見送った私は、手を止めていた仕事に戻った。

裁可待ちの書類を目で追い、署名し捺印《なついん》する。印影は、強さと不死を象徴する双頭の鷲《わし》だ。国王陛下の御璽《ぎょじ》に次ぐ効力を持った、王太子の紋章である。

側近の一人であるフランクリン公爵家正嫡のサディアスに裁可済みの書類を手渡しながら、私はひっそりと嘆息した。

（さて。少々面倒なことになった）

聖女と認定されたダニング男爵令嬢が、さらに希少な氷の魔力持ちだったと判明したとなれば、表向き静観していた貴族共が好機とばかりに騒ぎ立てるだろう。

聖女とは、それだけの効力を持つ。その存在価値は計り知れない。故に厄介なのだ。

「アークライト嬢のお耳には、まだ入れるべきではないかと」

「わかっている」

当然だ。要《い》らぬ不安など抱かせたくない。

エメラインに特殊な固有魔力があれば下手な横槍《よこやり》など入れようもないのだが、そんなものなどなくとも私の妃《きさき》はエメライン以外にあり得ない。

早々に孕《はら》めばいいと本能のまま縛りつけてきたが、〝聖女〟の称号を持つダニング男爵令嬢とその周囲を警戒していた結果でもあった。警備強化されている王族居住区から出さなかったのも、その場ならどこよりも彼女を護れるからだ。

閉じ込めておきたかったのも本音だが。

ただ溺れるように溺愛《できあい》していると周知させてきたが、半分は打算だ。エメラインしか見ていないと、周囲が激しい執着心に呆《あき》れてくれれば御の字である。

エメラインが、それに気づく必要はない。裏の事情など知らなくていい。

彼女はひたすら私に愛され、ただ一人の王太子妃として心穏やかに過ごしてくれたらそれでいい。耳障りで不穏なものなど知ることもなく、健やかに私の深い愛だけを感じていてほしい。

牽制《けんせい》の意味もあって、衆人環視の中では確かに演技も入っていたが、エメラインをぐずぐずに蕩《とろ》けさせた二人きりの時間は、正真正銘私の真心と本能だ。

王太子ゆえに、打算的であるのは仕方がない。そのように教育されてきたし、損得抜きの仲良し小好《こよ》しで国が治められるわけがないのだから。

総務部所管予算案に署名しながら、私は愛《いと》しいエメラインを想《おも》った。

多忙すぎて圧倒的に癒《い》やしが少ないと。

◇◇◇

「それではユリエル様。そろそろ出発致しますね」

　お忙しい中わざわざお見送りにいらしてくださったユリエル王太子殿下に、わたくしはドレスを摘《つま》んでカーテシーでご挨拶申し上げます。

　本日は、ユリエル様より一時帰宅を許されました。実に四週間ぶりの我が家です。二週間後に控えたお兄様の挙式を前に、お二人に御祝いのお言葉を直接申せますこと、大変嬉《うれ》しく思います。

　それもひとえに御心の広いユリエル様のお心遣いがあればこそ。わたくしだけでなくお兄様やアークライト家のことまで細やかにお考えくださるとは、なんと高尚な御方でしょうか。

「うん。道中気をつけて」

「ありがとうございます」

「今夜は貴女《あなた》がいないのだと思うと、もう寂しさを感じてしまうけどね」

「まあ。ふふっ。たった一晩ですわ」

「夜が更けてから朝日を迎えるまでに、何時間空白があるかわかってる？」

　少し拗《す》ねたご様子で、そんな小さな子供のようなことを仰《おっしゃ》る。

　眠ってしまえばあっという間に朝ですのに、なんてお可愛《かわい》らしいのかしら。

「ねえ、エメライン。私を独りにしないでね」

「お一人に？」

「そう。一人寝なんて寂しくて虚《むな》しい時間は嫌なんだ。貴女の温《ぬく》もりが失われた寝具など、棺《ひつぎ》で眠るようなものだ」

「まあ……」

「だからね、エメライン。私にとっては、〝たった一晩〟じゃないんだよ。でも約束したから、今日はアークライト公爵家へ帰してあげる。ご家族と楽しんでおいで」

ああ、寂しいと仰りながら、わたくしの我儘《わがまま》を許してくださる。儚《はかな》げな微笑《ほほえ》みに後ろ髪を引かれますわ。

「今夜は早めに就寝するんだよ。夜更《よふ》かしは駄目だ」

「ふふ。ええ」

「朝一で迎えに行くから」

「……え、朝一？」

「そう。日の出と共に」

「日の出と共に」

え？　そんなに早く？

まあ、どうしましょう。屋敷《やしき》のメイドもまだお世話の準備ができていない時間帯ではないかしら。朝食は食べられませんわね。それともユリエル様もご一緒なさるのかしら？　それならば両親と執事長、それから料理長にも準備しておくよう言付けなくては。

「夜衣のままでいいよ。私の外套《がいとう》に包《くる》んで抱えて戻るから」

「え？　包む？」

「そのまま私の部屋で寝直そう。朝食は寝室に運ばせるから、明日は少し遅い時間まで微睡《まどろ》んでいようね」

ええと、それはどういう……？

理解の追いつかないわたくしに畳み掛けるように、ユリエル様は続けて仰います。

「ああ、大丈夫だよ。仕事は今日中に前倒しで終わらせておくから」

まあ……それならば問題ない、のかしら。後々ユリエル様が溜《た》まったお仕事に忙殺されないのならば、大きな問題はございません――わよね？　あら？　どこか根本的な間違いを見逃しているような気がしますけれど……。問題点のすり替えと申しますか……。

「貴女を迎えに行く褒美があるなら、この後の執務も張り切って頑張れるな」

「……」

満面の笑みでそう仰ったユリエル様を見つめていましたら、見過ごした何かなど些細《ささい》なことだと思えます。

ユリエル様の背後でフランクリン様が遠い目をされていますが、どうなさったのかしら。

◇◇◇

「……ぐす……っく」

二週間前、ユリエル様のお計らいで無事に里帰りを終えたわたくしは、本日、待ちに待ったお兄様の挙式でみっともなく泣いてしまいました。

何の憂《うれ》いもなく参列することができて、ほっとしたのです。

「ほら、もう泣き止《な》《や》んで、エメライン」

「も、申し訳、ございませ、っ……ひっく」

「ああもう、しゃっくりまで出ちゃってるし……」

共に参列されたユリエル様が、心配そうにそっとハンカチで涙を拭《ぬぐ》ってくださいます。

本当に、申し訳ないですわ……。けれど、泣き止もうにも勝手に涙がぽろぽろと零《こぼ》れ落《お》ちてしまうのです。きっとお化粧も崩れてドロドロになってしまっていることでしょう。みっともないですわ……。

加えて、はしたなくも人前で泣くなど淑女《しゅくじょ》として褒《ほ》められたものではございません。まったく、わたくしは今まで王妃様や先生方から何を学んできたのかしら。王太子妃候補たる者、安々と感情を見せてはならないと厳しく教育されてきましたはずですのに。なんと不甲斐《ふがい》ない。

「嬉《うれ》し涙《なみだ》なのはわかるけど、人前で泣くのはこれっきりにしてほしいかな」

仰るとおりです。衆目を集めてしまい、ユリエル様にもご迷惑をおかけしてしまっています。婚約者として、いち臣下として最もやってはならない失態のひとつですわ。

「貴女を泣かせるのも、その涙と泣き顔を見ていいのも、この世で私ただ一人なのだから」

……え？　あら？　今なにか不穏な発言をされたような気がしましたが、気のせいかしら。そうね、気のせいよね。きっと泣きすぎて幻聴まで聴こえてしまったのだわ。恥ずかしい。お陰様で止まらなかった涙も引っ込んでしまいましたけれど。

羞恥で染まったであろう頬を隠すように両手を添えますと、不意にユリエル様に肩を抱き寄せられ、胸にそっと押し付けられました。左肩に掛けてある外套《ペリース》に覆われる形で抱き寄せられましたので、一身に集めてしまっていた視線から図《はか》らずも解放されます。

正装の軍服を着ておられるユリエル様の飾紐《かざりひも》の石筆《ペンシル》が、わたくしの耳元で静かに金属音を鳴らしました。知らずほっと息を吐き、うっとりする程よくお似合いの軍服姿に、いけないと思いつつはしたなくもしなだれてしまいます。ペリースで隠していただけたとはいえ、我ながらなんと破廉恥で大胆な事をしてしまったのかと、今更ながらに慌てました。

「ふふ。淑女の鑑《かがみ》と言われる貴女が、人目も憚《はばか》らず甘えてくれるなんて嬉しいな」

ああっ！　本当に、なんという失態を犯してしまったのでしょう！　わたくしだけの恥では済みません！　ユリエル様やアークライト公爵家の恥にもなり得ます！

「ああ、どうかそのまま。エメライン、離れようとしないで」

「で、ですがっ」

「貴女のことだから、はしたないとか私の恥になるとか考えてしまったのだろうけど、こうして懐《ふところ》に覆い隠してしまえる状況なら寧《むし》ろ大歓迎だ。――とてもいい牽制になる」

最後の方だけ、何を仰ったのか聴き取れませんでした。過ぎる不安をそのままにおずおずと見上げると、至近距離でユリエル様が、それはそれは美しく蕩けるような微笑みを向けておられます。

何故《なぜ》かしら。背中がぞくりとします。

すっぽりとペリースに覆われたわたくしの耳に唇を寄せられ、甘く誘《さそ》うように囁《ささや》かれました。

「こうしていると、不躾《ぶしつけ》に見物している者たちからは口づけているように見えるだろうね」

「ゆっ、ユリエル、様っ」

「私としては本当にそうしてしまっても一向に構わないのだけど、エメラインの色香は私の寝室でしか花開かせたくはないからね。ちらりとでも覗《のぞ》き見《み》しようなんて無粋な男がいたら、私はきっとその者の目玉をくり貫《ぬ》いてしまうだろう」

「まあ、ご冗談を」

にこりと笑ったままお答えにならないユリエル様をじっと見つめて、これは冗談ではないと気づきました。

とんでもないことを仰るユリエル様にふるりと肩が震えます。怖いなどという不忠不義ではなく、寧ろ慎みのない歓喜に震えてしまうのです。常ならば穏やかな性情であられるユリエル様の、荒々しく雄々しいお姿にときめいてしまったと申しますか、その……夜のお姿を思い出してしまった、と――ああっ、なんてはしたないことをわたくしは思ってしまったのでしょう！　破廉恥ですわ！　穴があったら入りたい、いえ、寧ろ掘って埋没すべきではないかしら！　わたくしに土魔法の適性がまったくないことが悔やまれますわ！

「王太子殿下。本日は私共の結婚式に足をお運びくださって誠にありがとうございました」

わたくしが一人悶絶《もんぜつ》しているところへ、お兄様が美しい花嫁《はなよめ》衣装に身を包まれたお義姉様《ねえさま》を伴ってユリエル様へご挨拶に参られました。何故かすぐに視界を遮《さえぎ》られてしまいましたけれど。

両家待望の結婚式で誓いを立て、お二人が口づけを交わされた瞬間に、わたくしの涙腺は崩壊してしまいました。

ずっとわたくしのために挙式を先延ばしにしてくださっていたのです。ようやく結ばれたお二人の姿に、感極まって泣いてしまいました。お側《そば》にいてくださったユリエル様が甲斐甲斐《かいがい》しくお世話してくださいましたけど、ただただご迷惑をお掛けしただけのような気がします。きっと酷《ひど》い顔をしているに違いありませんわ。

そもそも本来であれば、王太子殿下が特定の臣下の挙式に顔出しするなどあり得ないのですが、義理の兄になる者のめでたい席に参列しない理由はないと仰ってくださり、贅沢《ぜいたく》にも正装で御出席いただけたのです。アークライト家の誉れですわ。

「義理とはいえ兄となる男の目玉をくり貫くわけにもいかないか」

ぼそりと呟《つぶや》かれた言葉に、わたくしはついユリエル様を凝視してしまいました。

本日より新婚ですのに、お兄様は眼球をくり貫かれる可能性が⁉

「ああ、ジャスパー殿。とても素晴らしい式だった。結婚おめでとう」

「ありがとうございます」

先程呟かれた物騒な発言などなかったかのように、完璧な微笑みでお兄様に祝辞を述べられます。わたくしは早鐘《はやがね》を打つ心臓をそのままに、くり貫いては駄目とユリエル様に囁きました。

「おや、聞こえていた？　大丈夫、新婚ほやほやの実兄ならば仕方ない」

新婚でなければ違ったのかしらと、ちらりと過《よぎ》ったわたくしはユリエル様の意識をこちらに縛りつけるつもりで、大して効力はありませんがぐいっと体を擦り寄せました。はしたない事この上ない愚かな行為ですが、目を瞠《みは》ったユリエル様の虚を衝《つ》かれたお顔から、目論《もくろ》んだとおりわたくしに気を取られていらっしゃるご様子です。

お兄様の両眼は、このエメラインが死守致します！

「誘ってるの？　それとも私の忍耐力を試してる？」

「えっ？　いえ、そのようなっ」

あ、あら？　思った以上の効果ですわ。

貧相だと自覚しているわたくしの色仕掛けなど取るに足らないと思っておりましたが、まさかの効力です。わたくしを見つめるユリエル様のアメジストの瞳に、隠そうともなさっていない熱が宿って――ゆっ、ユリエル様！　腰を引き寄せるのはこの際仕掛けたわたくしの責任ですので許容範囲ですが、む、胸は！　胸は駄目です！　衆目が！

「……殿下。仕出かした妹が悪いとは思いますが、人の目がある場でそれはやりすぎでは」

覆うペリースでお姿は確認できませんが、お兄様の呆れたお声が聞こえます。

もっと全力でユリエル様をお止めください！　触れるだけでなく、やわやわと揉《も》むのはもっと駄目ですわ！

ユリエル様限定でしょうけれど、わたくしの色仕掛けは思わぬ効果を発揮しますのね⁉　もう二度とやりませんわ！

あわあわと慌てるわたくしをうっとりと見つめたまま、ユリエル様は仕方ないとばかりに胸から手を離されました。ええ、胸だけは解放です。がっちりと腰に巻き付いた腕はそのままですわね。

ユリエル様。醜聞が立つ前に、せめてエスコートに切り替えてくださいまし。

「まあ確かにやりすぎたかな。眦《まなじり》を赤く染めたエメラインの色香など、知っているべきは私だけだからね」

そういうことも衆人環視の中で仰ってはいけません！　醜聞が！　ユリエル様、笑い事ではございません！

「ああ、ふふっ、ごめん、滅多に見られない焦《あせ》る貴女があまりにも可愛らしくて。大丈夫だよ、貴女の愛らしい表情は誰にも目撃させていないから」

まあ、本当に？　それならば醜態を晒《さら》すという最悪な状況は回避できたのかしら。

……あら？　でも、お兄様には、ユリエル様がわたくしの胸に触れていた事実は筒抜けでしたが……。

「殿下。顔は見えずとも、貴方様《あなたさま》の手の動きで妹に何をなさっていたのかくらいはわかりますよ」

ゆっ、ユリエル様――っっ!!


「さすがに本人は来ないだろうけど、名代《みょうだい》は来ているだろう？」

「ああ……なるほど。そういうことですか」

わたくしの羞恥心など気づきもしないとばかりに話を進めておられますが、ふとお二人のご様子に変化を感じて視線を上げました。

先程のお話は、どういうことでしょう？

ユリエル様とお兄様の間で、何やら相互理解がなされたようです。

「理解致しましたが……それでもやはりやりすぎです、殿下」

「わかっている。深く溺れて付け入る隙《すき》がないと諦めてくれるといいが」

まあそれはあり得ないだろう、と冷えた視線を後方へと向けられました。つられてわたくしも振り返ろうとしましたが、肩を抱いたままのユリエル様が、それを許してはくださいません。

「ユリエル様……？」

「ああ、ごめんね、エメライン。少し悪戯《いたずら》が過ぎたようだ。貴女の不名誉にならないうちに、人前で過剰な接触は控えるよ」

そうしていただけると大変助かりますわ。よもや衆目がある中で胸をも、揉ま、揉まれるとは思ってもおりませんでしたもの……ああ、やっぱり土魔法は必要ですわね。高価ですけれど、今後のためにも土属性の魔石がついたアクセサリーをお父様におねだりしようかしら。

用途を訊《たず》ねられるでしょうが、正直に穴を掘って自らを埋めてしまうため、などと言っては正気を疑われますわね。どうしましょう。

「それで殿下。ひとつお耳汚しになりますが、ご報告すべき件がございまして」

「聞こう」

お二人がすっと離れて、密談をされ始めました。他者だけでなく、お義姉様やわたくしにも伏せておくべきお話ということですわね。

線引きは絶対です。耳に入れるべきではないとユリエル様とお兄様がご判断なさった案件ならば、わたくしたちはそれを知ろうとしてはいけません。

改めまして、お義姉様を見つめます。純白の花嫁衣装に、お義姉様の金色の髪と瞳がよく映えます。贔屓目《ひいきめ》を差し引いても、まるで女神様のように美しいです。

「お義姉様。本当におめでとうございます。とてもお美しいですわ」

「ありがとうございます、エメライン様」

互いにふふふと笑みが零《こぼ》れます。

お義姉様は侯爵家のご出身で、お小さい頃からお兄様の伴侶となるべく厳しい淑女教育を受けてこられました。次代の公爵夫人というお立場から、お母様やお祖母様《ばあさま》のご指導のもと、夫人方のお茶会へあちらこちらへと大わらわの日々。弱音など一切吐かず努力奮闘するお姿に、何度王妃教育に挫《くじ》けそうになったわたくしも勇気を頂けたことでしょう。

わたくしにとってお義姉様は、大切な姉であると同時におこがましくも戦友のような憧《あこが》れを抱く存在でもあります。

「お義姉様。長らくお待たせ致しまして、本当に申し訳ございませんでした」

「何を仰いますか。寧ろわたくしの方こそ、あなたを急《せ》かしてしまったようで心苦しく思っておりましたのに」

「急かすなどとんでもない！　お兄様やアークライト家にとって、お義姉様のお輿入《こしい》れがどれ程待ち望んだことであるか。お義姉様。お兄様と公爵家を、どうぞ末永くよろしくお願い致します」

「はい。誠心誠意尽くして参ります」

お母様と離れてしまうことに寂しさを感じてしまいますが、これからはお義姉様がお側にいてくださいます。跡継ぎもそう時を置くことなく授かるでしょうし、お母様もきっとお寂しくはないでしょう。

わたくしも本格的に住まいを王城へと移すことになります。王族居住区には、すでにわたくし専用のお部屋が王妃様のご高配により準備されているとお聞きしました。ユリエル様は最後まで反対なさっていたそうですが、「女性には身の回りの世話を受けるための個室が絶対に必要です。あなたは、侍従が出入りする王太子の部屋でエメラインを着替えさせるつもりですか」と一喝され、渋々承諾なさったのだとか。王妃様、本当にありがとうございます！

今までは寝室でこっそり着替えをしておりましたし、メイドが外扉の前で立ちはだかりユリエル様以外の方々を入室させなかったおかげで事無きを得ておりましたが、正直不便だったのです。ドレスルームはもちろんのこと、化粧品一式やドレッサーさえありませんし、本当に、お世話役のメイドの皆様には多大なる苦労を掛けてしまいました。

女は身支度《みじたく》に時間がかかるもの。個室を頂けるのは大変嬉しゅうございますわ。

そのように思いを馳《は》せておりましたら、不意に声を掛けられました。


「エメライン・エラ・アークライト嬢にご挨拶申し上げます」

話し掛けてきたのは、じとりと粘っこい視線を無遠慮に寄越してくる、糸目の見知らぬ男性でした。

◆◆◆

エメラインの姿が視界から外れない位置に移動して、義兄となるジャスパー殿の報告を受ける。

「ラステーリアの皇太子が？」

「はい。先日の夜会に招待したエメラインが欠席したことで、体調面を心配されて後日訪問したいと」

「体調不良で断ったことにしたいのだな。婚約者選定の夜会への招待を、それ以外の理由で辞退するはずがないと」

私の婚約者だと知っていてこれか。しかも訪問だと？

「これまでそのような話などなかったと記憶しているが」

「ございません。幼き頃に一度だけ里帰りをした祖母に連れられラステーリアへ赴《おもむ》きましたが、私も含め皇太子殿下とお会いしたのはその一度きり。夜会の招待状がエメラインに届いたと知った時は、父も私も驚いたものです。たった一度の邂逅《かいこう》で、それきり一切関わることのなかった妹を、何故婚約者選定の場へ招待するのかと」

皇太子と密なやり取りはなかったと誤解が解けたあと、私も当初は帝国の姫であった祖母君を敬《うやま》っての、社交辞令の一環かと考えていたが、かの皇太子はどうも動きが怪しい。突然降って湧いたように、やたらと不自然にエメラインへ接触したがっているように思える。

「はとことはいえ、ずっと関わりのなかった他国の令嬢をわざわざ訪ねてこられる意図がわかりません。体調不良ではないと丁寧にお断りしたのですが、一度顔を見なければ納得しかねるとの一点張りで」

「口実だろうな。目的はエメラインに会うこと。ただの横恋慕ならいくらでも対処しようもあるが、それだけじゃないとなると、少々面倒だな」

「仰るとおりかと」

「わかった。留意しておこう。よくぞ報《しら》せてくれた」

「本日より王宮住まいとなることは、この上ない僥倖《ぎょうこう》でございました」

「そうだな。公爵家では門前払いなど不可能だが、王宮ならば隠してしまえる」

「はい」

まったく、面白くない。エメラインに固執しているように思える皇太子の思惑を探る必要があるな。

「――エメライン・エラ・アークライト嬢にご挨拶申し上げます」

不意に聴こえた不躾な声に、私とジャスパー殿が動いたのは同時だった。

◇◇◇

わたくしが何かを言う前に、お義姉様がさっと間に入ってくださいます。

「アークライト公爵や正嫡であるジャスパー様を通さず、公女と知っていて無礼を働くとは。まずは名乗るのが最低限の礼儀でしょう」

「これは失礼致しました。わたしはカドリス伯爵家の者で、ハウリンド公爵家の門閥にございます」

ハウリンド公爵家といえば武事と武芸に通じるお家柄。文事と学芸に優れていると言われる我がアークライト公爵家とは対極にある高位貴族です。文武という畑違いから何かと反目し合っている間柄ですが、ハウリンド公爵家にはご令嬢がいらっしゃらないので、わたくしは直接関わりを持ったことはございません。

お兄様の結婚式に、ハウリンド公爵家の門閥貴族が参列されていたことに驚きを隠せません。お兄様がご招待なさったのかしら。

問う視線をお義姉様に向けますと、否定の意味で首を左右に振られました。

お呼びしていない。となると、この方の目的は、わたくしを名指ししたことですし、そのままの意味と考えて間違いないようです。わざわざ宿敵とも言えるアークライト公爵家の祝い事へ足を運んでまで、その家の娘にいったい何のご用でしょうか。

「まずはご挨拶を。と申しますか、それがすべてでございます」

「……あなた、何が言いたいのかしら」

お義姉様の鋭い視線を物ともせず、糸目の男性はにたりと笑います。

「我が主家、ハウリンド公爵家も同じ土俵に立つこととなりましたので、そのご挨拶に参りました。ああ、これは失礼。同じではありませんね。ハウリンド公爵家が迎え入れるお嬢様は、より高貴な御方でございますから」

「華燭《かしょく》の典《てん》で無粋な話をするものだ」

「……これはこれは。王太子殿下」

お話が終わったご様子で、ユリエル様とお兄様が戻ってこられました。

ユリエル様はわたくしの肩を抱き、底冷えするような冷ややかなお声でカドリス伯爵家の方を一《いち》瞥《べつ》されます。

「紛れ込んでいるのは知っていたが、よもや王太子妃となる者へ許しもなく近づくとは。最低限の教育さえ受けていない貴族がいるとはさすがに思わなかったぞ」

「……」

「ジャスパー殿。ハウリンド公爵家の門閥だと言うこの者を招待したのか」

「いいえ。ハウリンド公爵家と我がアークライト公爵家は誰もが知る犬猿の仲。祝いの席に招待する道理がございません」

「ふむ。ではやはり紛れ込んだか。ならば退出願おう。命じられる前に出ていくがいい」

「……下がらせていただきます」


頭を下げたまま数歩下がったカドリス伯爵家の男性は、一瞬でしたが、思わず息を呑《の》む程の凄絶な笑みを、俯《うつむ》けた顔に浮かべていました。

それが酷く恐ろしくて、わたくしは良くない事が起こるのではと予感にも似た震えを感じずにはいられませんでした。

# 第9章　忍び寄る手

王都が燃えている。

モノクロームの世界で、王都が炎上していた。

大丈夫、これは夢だ。夢だと知っている。

ずっと前にも見た夢。何度も繰り返し見た夢。

そう、ただの、夢。

あの時だって何も起こらなかった。ただ夢見が悪かっただけ。きっと今回もそう。

現実の不安が見せた幻。心の弱さが具現化したもの。だからこれは、大した意味などない。

ぼんやりと勢いよく燃え盛る炎を見つめたまま、大丈夫と何度も何度も呟《つぶや》いた。

目の前に広がる非現実的な光景に震えながら、自身の心の闇がこれを見せるのかと戦慄する。心に闇を持つのか、と。

音もなく、においもなく、一面が真っ赤《まっか》に染まっているのでもなく。

無情にも、逃《に》げ惑《まど》う民を、王都そのものを焼いていく。美しい街並みを呑《の》み込《こ》み、焦土と化していく漆黒の炎。

ああ、ああ、ああ、ああ、……!!

誰か消して！

あの悍《おぞ》ましい黒い炎を消して！

お願い、誰か……!!

◇◇◇

「…………ンさま……ラインさま…………エメライン様」

はっと息を呑むわたくしを、専任となったメイドや侍女たちが心配そうに見つめていました。

「わたくし、転《うた》た寝《ね》していたのね」

「ほんの数分です」

「そう……」

「お顔の色が優れません。どこかお具合でも悪いのでは」

「大丈夫よ。きっと夢見が悪かったのね。少し休憩していればすぐによくなるわ。お茶を頂ける？」

「畏《かしこ》まりました」

眉尻を下げつつも、筆頭侍女であるジュリアがメイドにお茶を淹《い》れるよう命じます。

胸に手を当て、詰めていた息をそっと吐き出しました。

最近ずっと夢見が悪く、夜中に何度も目が覚めてしまうのです。寝不足から日中もついうとうとしてしまい、またあの夢を見る。悪循環です。

公務に支障をきたす前にどうにかしたいのですが、夢見を制御する術などわたくしには持ち合わせがありません。

「エメライン様。不躾《ぶしつけ》な発言をお許しください」

「何かしら、ジュリア」

「アークライト公爵令息様のご成婚より六日経《た》ちましたが、お帰りになってからずっとお具合がよろしくないようにお見受けします。やはり一度侍医に診ていただくべきではないかと」

そうですわ、エメライン様、と他の侍女たちも声を揃《そろ》えます。

「食欲も落ちておられますし、日中も酷《ひど》く眠そうにしていらっしゃいます」

「その、もしや御懐妊では……？」

「……えっ？」

メイドたちも懐妊に違いないと色めき立ち、その熱量にわたくしは思わずぽかんとしてしまいました。

その言葉がゆっくり浸透して意味を理解した途端、頬が熱を持ったと自覚しました。手鏡で確認するまでもなく、きっと熟《う》れたトマトのように真っ赤になっているはず……！

そんなわたくしの様子に、侍女の一人が侍医をお呼びして参ります！　と、止める間もなく喜《き》色《しょく》満面に飛び出していきました。

ちっ、違うの！　懐妊などでは決して！　ただの寝不足だから！　お願いやめて行かないでぇぇぇ!!

そんな行き場のない手を伸ばしたまま固まったわたくしのもとへ血相を変えたお医者様が駆けつけたあと、知らせを受けた王妃様とお仕事を放り投げて駆けつけたユリエル様に囲まれて、わたくしの診察がなされました。

もう、本当に。穴があったら入りたい。

そんな羞恥に悶《もだ》えるわたくしの手を握り、ユリエル様が急《せ》かすように宮廷医師のローチェント卿《きょう》に詰問されます。

「それでどうなんだ。懐妊か？」

「いいえ、残念ながら」

ええ、ええ、わかっておりました。だってお兄様の結婚式の一週間前に月の障りがありましたもの。妊娠しているわけがないのです。だからお医者様を呼ばないでほしかったのにっ。ユリエル様とそっ、そのような行為を、して、しっ、しているのだと公言したようなものではないですかっっ。王太子宮に仕える者たちには周知の事実だとしても‼　王妃様にまでお知らせする必要なんてなかったじゃないっっ。は、恥ずかしい……！

羞恥からふるふると震えるわたくしの手の甲を宥《なだ》めるように撫《な》でながら、ユリエル様がぽつりと呟かれました。

「そうか、懐妊していない、か」

水魔法の応用で掻《か》き出《だ》すんじゃなかったかな、と続く不穏な呟きを拾ってしまい、はしたなくもギョッとした視線をユリエル様へ滑《すべ》らせます。

か、掻き出す、とは……⁉

わたくしの記憶にない何かがあるのですか、ユリエル様⁉

「では不調の原因はなんだ？」

「恐らく軽度の過労ではないかと。気鬱《きうつ》の症状は見られませんし、数日ご静養すれば回復されるでしょう」

退出されたローチェント宮廷医師様から安眠効果のあるハーブを受け取ったジュリアが、メイドにテキパキと指示しています。温かいハーブティーを淹れるように、ということは、わたくしこのまま本格的に寝入ってしまうのではないかしら。公務も残っておりますのに、それは困るわ。

ジュリアに寝る前にしてほしいと頼む前に、王妃様がわたくしの手をユリエル様から奪って握りしめてくださいました。母上、と抗議の声を上げたユリエル様を無視しておられます。

「本来ならば懐妊は国や王家にとって最上の福音《ふくいん》だけれど、婚約期間中の今は手放しで喜べないのが悩ましいところね。でもあなたの体面が損なわれなくてよかったわ」

「ご心配をお掛けしまして、申し訳ございません」

「あら、エメラインは何も悪くないのよ。悪いのは、わたくしの忠告を何一つ意に介さなかった、反省の色のないバカ息子なんだから」

「母上」

「それよりも過労だなんて。そんなにつらいなら寝室を分けてしまいなさい」

「母上」

「今夜からあなたの部屋で休むといいわ。そうね、内鍵もつけさせましょう」

「母上。無粋な真似《まね》はおやめください」

「まあ。無粋なのは貴方《あなた》でしょう、ユリエル。王太子の誘いを断れる者などそうそういるものではないわ。それを承知でしつこくねちっこく毎夜毎夜よくもまあ。発情期の獣の方がまだ理性的でしょうに」

「母上は私をなんだと思っておられるのか」

「己の欲望に忠実な愚か者ね。なんと厚かましい」

「母上」

ああ、また始まってしまいましたわ。

お二人は昔からこうなのです。決して不仲というわけではないのですが、意見の不一致と申しますか、見解の相違と申しますか、用件は些細《ささい》なことばかりではありますが、何かと対立するような場面が多いのです。

不思議と国政に関しては足並みを揃えておられるあたり、これはある種の愛情表現ではないかしら。未熟なわたくしでは読み取れない高度なやり取りがなされているに違いありませんわ。

「母上。内鍵など私には無意味ですよ。私の属性をお忘れですか？」

「貴方まさか……」

「水は流れを支配します。そして、如何《いか》なる形にも変化できるのです」

「変態！　わたくしの一人息子が変態だなんて！　ああ、陛下！　申し訳ございません！」

「ははは。不肖《ふしょう》の息子ではございますが、能力には長《た》けているようなのでご安心を」

「ああ、エメライン……物理的に守りきれないわたくしを許して」

ええと、これは小芝居だと判断してもよろしいのかしら。

ユリエル様が水魔法を使って内鍵を外側から開けてしまわれた前例がございますので、今更その程度では驚きませんが。ユリエル様の寝室で着替えていた際に開扉された時は、本当に仰天したものです。凍りつくわたくしを守るように盾となってくれた侍女たちには感謝しかありませんわ。
内鍵がかけられている時点で入室を拒《こば》んでいますのに、お声掛けもなく無遠慮に開けるなど。せめてノックくらいはすべきではないかしら、ユリエル様。

「ごめんなさいね、エメライン。あなたのためを思うなら去勢すべきなのだけれど、こんなのでも唯一の王位継承者なものだから、そういうわけにもいかなくて」

「母上」

「ああでも、婚姻後に跡取りが生まれたらそのかぎりではないから安心してちょうだい」

「実母がなんてことを仰《おっしゃ》るんですか。私が安心できません、母上」

きっとこれも高度な愛情表現――ですわよね？
内容がぶっ飛びすぎていて、悪夢のことなど忘れてしまいそうですわ。
とりあえず王妃様。王太子殿下であらせられるユリエル様の去勢はしない方向でお願い致しますね。

◆◆◆

「……」

「殿下」

「言うな。自覚している」

眉をひそめるサディアスの、続く言葉を遮《さえぎ》った私は、苛立《いらだ》たしげにダブグレーの髪をくしゃりと掻《か》き毟《むし》った。

「お気持ちはわかりますが、焦《あせ》りすぎです」

「わかっている」

そう、理解している。そして自覚もある。だが時期が悪すぎた。

「あれから六日経ったが、接触は？」

「ありません。野心家ではありますが、王家の庇護下《ひごか》にある聖女へ許可なく近づく程愚かではないでしょう」

「裏は取れたのか」

「件《くだん》の男が口にした内容は整合性に欠けます。王家の意向を無視してかの公爵家へ便宜を図《はか》るなど、男爵にとって諸刃《もろは》の剣とも言える申し出ですからね。決して応じないよう釘《くぎ》は刺しておきましたが、さてどうなるか」

首を振るサディアスに私も頷《うなず》いた。

ダニング男爵は根っからの守銭奴だ。大金を積まれたら簡単に靡《なび》くだろう。

国の監査が入った教会に、以前のような勢いはない。風通しは良くなったが、その分貴族も横槍《よこやり》を入れやすくなった。現在の教会に聖女を護《まも》る力はないだろう。ダニング嬢の身辺警護も強化する必要がある。

実権を握っていた教会幹部衆と、暗殺を請け負っていた組織が解体された弊害はある程度予測していたが、想定していたよりハウリンド公爵の動きはずっと早かった。こちらの思惑《おもわく》が筒抜けだったのではと訝《いぶか》る程だ。ダニング男爵令嬢を意図的に優遇していた頃から準備していなければ、これ程早くに〝噂《うわさ》〟が社交界に浸透しているはずがない。

加えてラステーリア帝国の皇太子だ。エメラインの周囲で不穏な動きが多発している。公爵にしろ皇太子にしろ、標的がエメラインであることは間違いない。

「引き続き監視を怠るな。それからエメラインの影を増やせ。夜は私が側にいるから問題ないが、日中は無防備だ。万が一など決して起こさせるな」

私には表向き公表している水魔法適性とは別に、秘匿している特殊属性がある。それがあるかぎり、私自身にもエメラインにも明確な〝悪意〟と〝危害〟は向けられない。

私が側にいる間は、エメラインの身の安全は絶対に保障される。

「アーミテイジ卿には継続してダニング嬢の警護を命じる」

「御意」

物事に完璧などあり得ないが、現状ではこれが最善だろう。エメラインの専任とした侍女やメイドたちは戦闘訓練を受けている者で固めた。筆頭侍女のジュリアを含めた数名は影だ。だがこれでも万全とは思っていない。あらゆる危難から守るべく閉じ込めてしまうのは容易《たやす》いが、エメラインにも次期王太子妃としての公務がある。可能性の段階で完全に囲い込んでしまうわけにもいかない。

（ままならないな……）

彼女を飼い殺すような真似は絶対にしたくない。

朗らかで慈愛に満ちた、ありのままのエメラインでいてほしい。その一欠片《ひとかけら》でも陰ることなどないように、彼女のすべてを守り抜きたい。

――想《おも》いを返してもらえた幸福に、見合うだけの覚悟と責任を。

◇◇◇

安眠効果のあるハーブティーを飲むようになって、わたくしは悪夢を見る回数が劇的に減りました。まったく見ないわけではありませんが、夜中に何度も飛び起きるようなことはなくなりました。

寝不足から解放されたわたくしは、今は頭がスッキリするハーブティーを頂きながら、再来月お迎えする同盟国の国賓をどうおもてなしするか、王妃様と話し合っておりました。

「前回と同じく、王弟殿下がご来訪されるのですよね？」

「ええ。でも今回は妃殿下もご一緒されるらしいわ」

「まあ。では晩餐《ばんさん》はヴィーガン料理を徹底させねばなりませんね。お肉や魚はもちろんのこと、卵や乳製品、蜂蜜も除外させます。砂糖もワインも駄目ですわね」

他国から輿入《こしい》れされた妃殿下は、母国の宗教上食べられないものが多いと聞き及んでおります。不手際《ふてぎわ》などあっては一大事です。

「コスメや夜衣などは持参されるとは思いますが、不備などないよう植物性製品を徹底させます」

「ほほほ。さすがはエメラインね。わたくしが指摘せずともきちんと把握できているわ」

「王妃様のご指導の賜物《たまもの》です」

「謙遜は不要よ。あらゆる国の王侯貴族の情報を網羅できているあなたは、間違いなく王太子妃の器です。常に膨大な最新情報を記憶し直している勤勉さに、わたくしはいつも感心しているのですから」

「ありがとう存じます」

恥ずかしげにはにかみながら俯《うつむ》いておりますと、誇らしげなご様子でわたくしを見守ってくださっていた王妃様が続けてこう仰いました。

「今回からあなたに国賓待遇を一任します。わたくしを通すことなく、すべてあなたの一存で進めてごらんなさい」

「えっ⁉」

「大丈夫、自信を持って。アルベリート王国王弟ご夫妻《ふさい》の歓待を以《もっ》て、エメライン、あなたの王妃教育は完了とします」

大きく見開いたマーキュリーミストトパーズの中で、にっこりと微笑《ほほえ》む王妃様のお姿が揺れておりました。

◇◇◇

真っ先にユリエル様にご報告しなければと、先触れを出して訪問可否を伺《うかが》ったわたくしは、ユリエル様の執務室がある王城へと赴《おもむ》いておりました。

長い回廊をジュリアと護衛騎士を伴って進みながら、ドキドキと高鳴る胸をそっと押さえます。

幼き頃より励《はげ》んできた王妃教育が、ついに終わる。その喜びと誇らしさを、まず誰よりも先に伝えたいのはユリエル様です。共感してほしいのも、彼をおいて他にいません。

国のための教育だけれど、次代の国王となられるユリエル様の御為《おんため》にもなります。その教育が一段落する。王妃様のご指導と補助を失うことにもなりますので、そのプレッシャーも当然ながらありますが、それを差し引いてもこんなに嬉《うれ》しいことはございません。

(信用してお任せいただけた大役ですもの。これからはもっと細やかに気を配らなければ)

訪れてよかったと、また来たいと思っていただけるように、より一層真心を込めて準備しなければと、決意を新たに軽やかな足取りでユリエル様のもとへ急いでおりますと――。

「────見つけた‼」

聞き覚えのない声が背後で響いたと思ったら、振り返る間もなく力強い腕に抱《だ》き竦《すく》められておりました。

「やっと会えた‼　エメライン姉様‼」

◆◆◆

──数日前。

私《カトリーナ》は孤児院の裏庭で地面を睨《にら》んでいた。

何度も試した。何度も何度も何度も何度も。

おかしいでしょ。だってヒロインに氷魔法の属性はなかった！

何度やっても孤児院の裏庭の雑草は凍るだけ。乙女《おとめ》ゲームのヒロイン仕様であれば、聖女の証《あかし》である聖なる力の表現にＶＦＸ《ヴィジュアルエフェクト》が使われていた。でもきらきらしい金の粒が舞う視覚効果は発生せず、瞬《まばた》きの間に氷像と化すばかり。

本物の聖女じゃないんだから、金の粒エフェクトが発生するはずもないんだけど、でも！

（おかしい。こんなの絶対おかしいって！）

確かに氷魔法は希少だけど、でもこの強力な力は悪役令嬢であるエメラインの能力だった。少なくともゲームではそう。

しゃがみ込んだことで、近くなった凍る雑草が否応《いやおう》なしに現実を突きつけてくる。

お前はヒロインなんかじゃない。お前こそが悪役令嬢なんだと。

（そりゃあ、私がやったことを考えれば悪役令嬢だって言われても仕方ないけどさ……）

そういえば、とふと思い出す。

通っていた学園では、魔法の授業は一度もなかったと。

攻略対象が魔物からヒロインを守るイベントや、激しい嫉妬《しっと》からヒロインを魔法で攻撃してしまう悪役令嬢など、美しいスチルと共にそんな演出はいくつかあった。でもゲームの中でも魔法に関する授業の描写はまったくなかったはず。

考えてみればおかしな設定だ。魔法が存在するのに、それを正しく扱うための教育が組まれていないなんて。

「……アーミテイジ様」

「なんだ」

それまで私の奇行を訝しみながらも静観してくれていたレイフ様が、腰が砕けそうな美声で返事をしてくれる。

　真剣に悩んでいるのに、諸々がどうでもよくなって身悶《みもだ》えてしまいそう。

「あの、学園では魔法を一切教えませんよね」

「そうだな」

「なのに、普通に使えてますよね、貴族の皆さんって」

「ああ、そうか、平民は適性を調べないんだったか」

　ということは、貴族は調べることが義務付けられてるってこと？

「魔力量の多い我々貴族は、十歳になると適性検査を受けるよう法で定められている。その結果に応じて、学園に通うまでに家庭教師から扱いを学ぶ」

　なるほど。学園に入る頃にはすでに教育が完了しているのか。だから授業がないのね。

「……私は、この力をどう扱えばいいのでしょうか」

「氷魔法は希少だが、教える教師がいないわけではない。殿下が良きように取り計らってくださるだろう」

「はい」

「君が気をつけるべき点は、その能力を可能なかぎり秘匿し続けることだ。氷魔法を扱える聖女など、狙われる理由としては十分だろう」

それはわかる。ゲームのエメラインも、公爵家の後ろ盾と王太子の婚約者という肩書きがなければ他国に拐われていたかもしれないんだから。というか、王太子ルートのどのエンディングでも、悪役令嬢エメラインはラステーリア帝国で非業の死を遂げてるんだよね。

ラステーリア帝国の皇太子は攻略対象者ではないんだけど、王太子ルートでは悪役令嬢エメラインの協力者として物語に必ず関わってきたキャラだ。エメラインに異常な程執着する様が描かれていたけど、その経緯と理由までは明かされてないんだよね。何であんなに固執したんだろう？

燃えるような赤い髪と金色の瞳をした美少年だということで、ネット上では皇太子を攻略対象に入れた続編を作ってほしいと早くも騒がれていた。

まあ確かに、気位の高そうな不敵な笑みを浮かべるイラストはなかなかイケメンだったけど、レイフ様には全然敵《かな》わないし！　俺様キャラって好きじゃないのよね〜。

そこではたと気づく。

エメライン様、まさかラステーリアから夜会の招待状なんて貰《もら》ってないわよね？　この世界でも執着されてるとか悪夢じゃない！

ゲームではヒロインを罠《わな》に嵌《は》めるために悪役令嬢エメライン経由で招待されていたけど、王太子殿下の病み具合から『ラステーリア帝国からの招待状イベント』は高確率で起きていそうなんですけど！

卒業パーティー以来ほぼご実家に帰っていないあたり、絶対軟禁エンドだよね⁉

帝国の皇太子もがっつり関与してるとかマジでやめて!!　嫌だ怖すぎるっっ!!

「……」

うん、……まあ、あのぽやぽやエメライン様ならたぶん大丈夫な気がする、かな?　逆に振り回されるのは、寧《むし》ろ王太子殿下じゃないの。

面倒臭い拗《こじ》らせ王子なんて尻に敷《し》いちゃえエメライン様!

やっちゃえやっちゃえ!

そこまでまとまりなく考えたところで、この世界でのエメライン様の適性が気になった。

「あの、アーミテイジ様。付かぬ事を伺いますが、エメライン様にも氷の魔力はありますか」

「何故《なぜ》そんなことを聞く」

警戒心をあらわに、赤い双眸《そうぼう》がついと細められた。

――やだ、蔑むような目もいい!

「ただの好奇心です。幼い頃に未来の王太子妃にと王家に望まれた方なので、特別なお力があるのかなって」

「……あの方に適性属性はない」

「えっ?」

「どの属性にも適性をお持ちではないと言った」

「それって……」

「属性の有無で選ばれた御方ではないということだ」

属性持ちじゃない？

ゲームでは、ラスボス級の膨大な氷の魔力を持つはずのエメライン・エラ・アークライトが、こちらでは属性なし？　嘘《うそ》でしょ？

（あ………いや、待って。ちょっと待って）

ヒロインには二つの属性があった。始まりは予兆で、もうひとつは覚醒イベントの――。


「お嬢様。お迎えに上がりました」

中途半端に思考を遮断したのは、ダニング男爵家の侍従だった。

レイフ様以外には誰にも内緒でこっそり来たというのに、どういうわけかレイフ様と私しかいないはずの裏庭に当然のように立っている。

さすが王家の影であるレイフ様はこの男に気づいていたようで、近づかれるまでまったく気づかなかった私とは違って、すでに手は帯剣するその柄に触れていた。

「……。迎えなんて頼んでないけど」

「至急お戻りになるようにと、旦那様からのお言い付けにございます。急ぎお支度《したく》を」

「お父様が？　一週間は滞在するって伝えておいたはずよ」

「存じております。ですから火急であると」

胡散臭《うさんくさ》い笑みを浮かべて恭しくお辞儀する。その態度がいつも馬鹿にされてるみたいで腹が立つのよね。

娘に関心のない人が急に戻れなんて、いったい何の用があるって言うのよ。

あの家嫌いなのよね。正妻と異母弟が本当に嫌い。あの人たちの嫌味と嫌がらせを受けるためだけに帰るようなものだし、家というより牢獄《ろうごく》でしょ。ああヤダヤダ。

顔をしかめて拒絶の意思を向けた時、レイフ様が私を背に庇《かば》うように侍従をひと睨みした。

やだー！　カッコイイ‼

「王家の庇護下にある彼女の意思を無視して、無理やり連れ戻すつもりか？」

「その団服から王国騎士団の方とお見受けしますが、当家のお嬢様とはどのようなご関係で？」

「王太子殿下より聖女様の護衛の任を拝命している」

「それはそれは。当家のお嬢様をお守りくださりありがとうございます」

ですが、と困ったようにこてんと首を傾《かし》げる。

これ絶対馬鹿にしてるよね！　レイフ様は辺境伯のご子息で、御本人は子爵なのよ。格下の男爵家の、準貴族ですらない使用人風情が、随分と礼儀知らずな真似をするじゃない。レイフ様になんて生意気な！

「お嬢様はダニング男爵家のご令嬢。お父君である御当主様がダニング家の内事により呼び戻されることに、いち護衛のあなた様が口出しされる権限はないと思うのですが」

「ちょっと！　失礼よ！　この方は子爵様なの！　あなたなんかより、もっと言えばダニング男爵家より高貴な方なの！　言葉を慎みなさい！」

「ですがお嬢様。そうであっても他家の内事に口を挟む理由にはなりませんよ。たとえ王家であろうと同じです」

「あなたね！」

「いや、彼の言い分は間違いじゃない」

レイフ様はそう言うけど、王家が引き合いに出された時の目は鋭かった。

「だが私にも引けぬ理由がある。聖女様をお連れするというのならば、護衛の任はきっちり果たさせてもらうぞ」

「ええ、それはご随意に。屋敷《やしき》の外でお待ちいただくことにはなりますがね」

細く吊《つ》り上《あ》がった目をさらに細めて、侍従は薄気味悪くにたりと笑った。

◇◇◇

「入らないから！」

「またそのような駄々を仰るんですか。いつまでも幼子のようでは困ります」

「はあ⁉　駄々ってなによ！　これは正当な言い分でしょうがっっ！」

表情を取り繕うこともせず、侍従は「はあ」と盛大な溜《た》め息《いき》を吐《つ》いた。本当に憎たらしい‼

父親がまた何を企《たくら》んでいるのか探ってやろうととりあえず帰宅した私は、予想どおりの顚末《てんまつ》に屋敷の前で大いに喚《わめ》いた。

このいけ好かない侍従、本気でレイフ様に敷居《しきい》を跨《また》がせないとか、頭のネジ全部ガバガバなんじゃないの⁉　最下位の男爵家が上位の子爵様を門前払いとかあり得ないから！　しかも外で立って待ってろなんて言うのよ⁉　「勝手についてきたのはあなたでしょう?」なんて、いけしゃあしゃあとよく言えたわね⁉　馬鹿なの⁉　本気で馬鹿なの⁉

「アーミテイジ様は王家が命じた護衛なの！　王家庇護下にある私の護衛！　たかが下級貴族でしかない男爵家に拒否権なんてあるわけないじゃない！」

「〝聖女様〟としてはそうでしょうが、〝ダニング男爵家のお嬢様〟としては拒否権がございますよ。旦那様は実父なのですから」

「血縁上はね。それ以外は赤の他人も同然でしょ」

「旦那様がお聞きになったら悲しまれますよ」

「はん！　あの守銭奴にそんな殊勝な真似できるはずがないじゃない。無理やり手籠《てご》めにして捨てた元メイドの娘に、利用価値を見出《みいだ》して引き取っただけのくせに。一欠片でも愛情を持っているなら、攻撃的な正妻と息子を窘《たしな》めるくらいはするもんでしょ。無関心を貫くなら教会へ帰してほしいんだけど」

「攻撃的とは些《いささ》か言葉が過ぎますね。奥様は悋気《りんき》を拗《こじ》らせていらっしゃるだけですし、若様は姉君に甘えておられるのでしょう」

はあ⁉

あれが嫉妬と甘えですって？　こいつの目と頭は腐ってんじゃないの⁉

母親似の私が目障りだからって、嫉妬心から食事に麻痺毒《まひどく》を仕込むなんて常軌を逸しているし、甘えたくて階段から突き落とすってどこの愉快犯よ！

麻痺毒は量によっては心肺停止に陥《おちい》ることもあるし、階段も落ち方次第では即死もあり得る。母子揃って殺す気満々じゃない！　麻痺毒入りスープは舌先に痺《しび》れを感じてすぐに吐き出したし、突き飛ばされた階段ではとっさに手摺《てす》りを摑《つか》んだから事無きを得たけど、軽傷で済んで本当によかったわ。どちらも失敗したとわかったら舌打ちしたのよ、なんて奴《やつ》らなの！

あの似た者母子、王家庇護下の聖女が殺されたら、一家揃って処刑されるとは考えてもいないんだろうな。屋敷の外ならまだしも、中で毒殺や転落死なんて疑いの目を向けてくださいって言ってるようなものなのに。私が言うのもなんだけど、浅はかと言うか、小物臭いと言うか、マジで頭悪すぎ。

ああもう、害にしかならないダニング男爵家なんて絶えてしまえばいいのに！

「食事に毒を盛ったり階段で突き飛ばしたりするのがあんたの言う家族愛なら、とんでもない異常者の構ってちゃんよね。私には理解できないわ」

「毒に傷害だと？　それは聞き捨てならない。このことは王太子殿下に報告させてもらう」

侍従をきつく睨みつけるレイフ様、ステキ。脳内シャッターを押させていただきます。

「お嬢様が大袈裟《おおげさ》に仰られているだけですよ。そもそもお嬢様の証言だけで証拠はありませんし」

「証拠などなくとも尋問官の中には嘘を見破る看破スキル持ちがいる。隠蔽工作したところで隠し通せるものではない」

「これは驚いた！　家庭内のちょっとした諍《いさか》いに国家機関が関わるのですか!?」

「事、聖女に関してはそうだ。そこに殺意と傷害の嫌疑があるならそれは立派な刑事事件。国家が刑罰権を発動する理由になる」

さすがレイフ様！　これでのらりくらりと躱《かわ》すこともうできないだろうと侍従を見れば、また細い目をさらに糸のように細めて口角を上げていた。

何がおかしいわけ？　こいつ、マジで気持ち悪い！

「ほう、なるほどなるほど。それは一大事だ。申し訳ありませんが、わたしは一介の従僕に過ぎませんので、その件に関しましては当家の旦那様と話し合いをなさってください」

いろいろ煽《あお》って屁理屈《へりくつ》言ってたのはあんたのくせに、今更知らぬ存ぜぬで通せると思ってるわけ!?

というか、まずはレイフ様への不敬を詫《わ》びなさいよ。生意気な態度を改めて平身低頭しなさいよね。

「まあ、正論だな。ここで使用人と問答しても建設的ではない」

「そのとおりですね！　ではアーミテイジ様、応接間へご案内しますね！」

「騎士様までお連れするよう仰《おお》せつかってはいないのですが……。わたしは知りませんからね。お嬢様が旦那様に許可を頂いてくださいよ」

「ふんっ、男爵が子爵様を追い返せるものですか」

さっさと用件済ませて孤児院へ戻ろうと心に決めて、悪趣味な骨董品《こっとうひん》が並ぶエントランスをレイフ様と通過した。

引《ひ》き攣《つ》った笑みを浮かべて揉《も》み手《で》でレイフ様を迎えた父親と継母《ままはは》に、私は胸がすっとした。ざまあみろ、と心の中で思いきり舌を突き出すことも忘れない。

私と入れ違いで学園に入った異母弟がこの場にいないことが残念でならないけど、まあ今回は仕方ない。

「し、ししゃっ、子爵様、が、わ、我が家にどのよう、な、ごっ、ご用、ご用向きで、でしょうかっっ」

いや噛《か》みすぎでしょ。これ絶対なにか企みあって私を呼び戻したっぽいよね。

王太子殿下の目とも言える近衛《このえ》騎士のレイフ様までくっついてきちゃったものだから、迂闊《うかつ》なこと言えなくなったってとこかな。あはは、小悪党みたいで本当ウケる。

「毒物混入と傷害、と言えばおわかりになるか」

「ひっ」

「ふむ。夫人は心当たりがありそうだ」

「わっ、わたくしはっ、身にお、覚えっ、身に覚えなどございませんわ！」

「聖女様への殺人未遂罪に傷害罪。看破スキル持ちの尋問官にも知らぬとそう伝えるとよろしい」

「本当に知りませんわ！　冤罪《えんざい》です！　その小娘に誑《たぶら》かされておられるのですわ！　あの女に似てなんと浅ましい！」

「不敬罪も追加されたいならばいくらでも喚かれるといいだろう」

「ひぃっっ」

やだ、本当に痛快！

勝手に自滅してくんだけど！

駄目よ、堪えて私。どんなに面白かろうと、にょによする口元をしっかり引き締めて耐えるのよ。レイフ様の邪魔だけはしないようにしなきゃ。笑っちゃダメ！

「嫌疑に関しては持ち帰らせてもらおう。本日は聖女様の護衛の任で参った。出迎えに来た使用人の話では、火急の用件とのことだが」

「は、はい！　そうです！　家族のことですので、アーミテイジ子爵様にはっ」

「貴家の内事ではあっても聖女様の後見は王家。ダニング男爵家の都合で決められるものなどひとつも存在していないことはおわかりか」

「な、何のことでしょう」

めっちゃ視線泳いでるし。やっぱり悪巧みしてたのね。

「今後如何なる件であっても必ず私が同行する。聖女様にお話があるならば、それは同席する私にも隠さず話す必要があるということだ」

「そんな！」

「護衛騎士である私は王家の目と耳だ。その私に言えない内容であるなら、それは王家に隠しておきたい案件だという意味になる。愚かな真似はしない方がいい」

「……っっ」

血の気の引いた顔を強張《こわば》らせた父親の隣で、ヒステリックな継母がフッと意識を手放した。

悪巧みなどくだらない真似はやめておけ、王家に筒抜けだぞ――そう聞こえた脅しは、父親と継母にも正確に伝わったらしい。

こんな時だけど、レイフ様、マジでイケメン！　しかも有能で頼りになる。好きにならない理由がない！

レイフ様……大好き‼

# 第10章　邂逅《かいこう》

「やっと会えた!!　エメライン姉様!!」

幾度も通った勝手知ったる回廊を、侍女のジュリアと護衛の近衛《このえ》騎士に付き添われながら歩いておりましたら、聞き覚えのない声が背後で響きました。

わたくしを呼び止めるのはどなたかしらと振り返る間もなく、唐突に引かれた腕ごと力強い腕に抱《だ》き竦《すく》められました。

突然の出来事にぎょっとしていると、出遅れたジュリアと近衛騎士がわたくしを抱きしめる人物を確認して戸惑《とまど》った様子を見せています。

ちょ、ちょっとお待ちになって！　本当にどなたなの⁉　近衛騎士まで安易に動けなくなるようなお相手⁉

許可もなく淑女《しゅくじょ》に触れるのはマナー違反ですのに、無遠慮に抱擁するこの方は本当にどなた⁉

「ああ、ずっと会いたくてたまらなかったよ！」

え、と思わず声が漏れたわたくしをようやく解放する気になったのか、きつく搦《から》め捕《と》られていた腕が緩みました。それでも自力で抜け出せる程ではありません。

ユリエル様以外の殿方《とのがた》に抱きしめられてしまうなんて！　と、戦慄しながら可能なかぎり離れようと上体を反《そ》らしたこの時になって、未《いま》だに離そうとしない人物のお顔をやっと確認できました。

「えっ……こ、皇太子殿下⁉」

「久しぶりだね、エメライン姉様！　ずっと昔に一度だけ会った僕のこと、ちゃんと覚えていてくれて嬉《うれ》しいよ」

うっかりはしたなくも、わたくしはあんぐりと呆《ほう》けてしまいました。

そう、この方はラステーリア帝国の皇太子、アレクシス・テスター・ラステーリア殿下です。お祖母様《ばあさま》の兄君でいらっしゃる先帝陛下のお孫様で、お兄様とわたくしのはとこでもある皇太子殿下その人です。我が国のみならず、諸外国の王侯貴族の姿絵も記憶しておりますので、たとえ幼き頃に一度お会いしたきりのはとこであっても見間違えたりは致しません。

いいえ、今はそんなことはよいのです。

そうではなくて、どうして皇太子殿下がヴェスタースの王宮に？　ご訪問の事前報告は受けておりませんし、護衛の方々はどちらに？　まさかお一人で他国の王宮を闊歩《かっぽ》なさっていたのかしら。それはあまりにも不用心では？

そもそも——わたくしは何故《なぜ》皇太子殿下に抱きしめられていますの⁉

「あ、あの、皇太子殿下、お離しください」

「せっかく会えたのに、エメライン姉様は嬉しくないの？」

「もちろん嬉しゅうございますわ。本当にお懐かしゅうございます。ですが皇太子殿下」

「僕も会えて嬉しいんだ。夜会へ来てもらえなかったのがとても残念でね。体調を崩したと聞いて心配で、こうして訪ねてきたんだ」

「まあ、そうなのですか？」

「うん。あなたの実家に先触れを出していたんだけど、断られてね。どうしても無事を確かめたくて、こうして会いに来ちゃったんだ」

「それは申し訳ございませんでした」

招待した夜会に姿を見せなかったはとこのために隣国まで足を運ばれるなんて、皇太子殿下はとてもお優しい方なのですね。

「お心遣いに感謝申し上げます」

「エメライン姉様を気遣うのは当然だよ。体調は大丈夫？」

「はい。元気に過ごしておりますわ。あの、それで皇太子殿下。そろそろ」

「ようやく再会できたのに、『皇太子殿下』なんて他人行儀な呼び方はやめてほしいなぁ」

「えっ？　いえしかし」

「名前で呼んでよ。前も『殿下』としか呼んでくれなくて寂しかったんだ」

「で、でも」

「ほらほら。名前を呼んで」

まあ、困りましたわ。ファーストネームを許されるのは婚約者様だけですのに、はとことはいえ他国のいち令嬢でしかないわたくしがお呼びするなどとんでもないですわ。来年には王太子妃となる身でもありますから、おいそれとユリエル様以外の殿方をそうとはお呼びできません。そんな常識などご存じでしょうに、困った方ですわね……。

それよりも困っているのはお離しくださらないこの両腕です。外聞も悪いですし、どうお願いすれば角が立たないかしら。

そんなことを考えていた、露の間――。

「それはご遠慮願おう」

決して離そうとしなかった皇太子殿下の腕をあっさり解《ほど》き、引き離してくださったのはユリエル様でした。

わたくしを抱き寄せたユリエル様の息が、少々上がっていらっしゃいます。同じく駆けつけてくださったフランクリン様とグリフィス様も同様なので、皇太子殿下のご訪問はやはり先触れなしだったご様子です。

ほっと安堵《あんど》の息をこっそり吐いて、慣れ親しんだユリエル様の腕に身を任せます。

「エメライン、無事でよかった……」

「ユリエル様」

一度わたくしの頭に口づけされてから、しっかりと両腕で抱きしめてくださいます。

あの、ユリエル様。抱きしめてくださるのは嬉しいのですけれど、頭とはいえ恥ずかしいので、人前で口づけは控えていただきたいです。

「訪問は明日だったはずだ。先触れもなく何故ここへ立ち入った？　守衛からも貴殿が正門を通過したと報告はない。これは正規の訪問ではなく侵入だと判断するが構わないか、ラステーリア帝国皇太子殿」

「これはこれは。随分なご挨拶だね、ユリエル・アイヴィー・ヴェスタース王太子殿。ちゃんと正門を通ってここまでやってきたけど？　うっかり見逃しただけじゃないかな？」

「あり得ない」

「守衛の職務怠慢を庇《かば》うのは勝手だけど、それを僕のせいにされても困るよ」

「ユリエル様……」

どちらも証拠がありません。これでは水掛け論です。終着点が見えないだけでなく、国際問題にまで飛び火しかねません。

「では先程の抱擁は？　不躾《ぶしつけ》に触れるとは非常識すぎないか」

「そうかな？　感動の再会を邪魔する貴方《あなた》こそ無粋だと思うけれど？」

「無粋？　おかしなことを言う。彼女は私の婚約者であり、王太子妃になる女性だ。未来の王妃に対する貴殿の非礼を、私は咎《とが》めているに過ぎない」

「へえ、本当に面白いことを言うね？　その婚約者に対して、貴方こそ非礼を働いてきたと思うけど」

「なんだと？」

「帝国皇太子の僕の耳にさえ入ってきている醜聞を、当事者の貴方が知らないはずがないよね」

こてりと小首を傾《かし》げ、人を喰《く》ったような笑みを浮かべておられます。

醜聞とは、いったい何のお話をされているのかしら。

「聖女と呼ばれている男爵令嬢を、貴方はエメライン姉様より優先させてきたそうじゃないか。甲《か》斐甲斐《いがい》しく教会まで送迎して、学園では常に側近くに侍《はべ》り、貴方が非常識と言った体への接触をいつも許していたとか」

「！　それはっ」

「ああ、言い訳なら必要ないよ。事実確認とかどうでもいいし。重要なのは真実か否かではなく、噂《うわさ》が立ったという事実なんだから。火のないところに煙は立たないって言うでしょ。噂が立った時点で、貴方は婚約者であるエメライン姉様を侮辱しているんだよ、ユリエル王太子殿」

「……っっ」

ギリッと奥歯を喰い縛る様を見つめて、皇太子殿下はうっそりと笑いました。

醜聞とは、まさかそのことなのでしょうか。

以前までのカトリーナ様へのご対応については、すでにユリエル様より弁明と謝罪を頂いております。正直申し上げれば、婚約者であるわたくしやシルヴィア様、セラフィーナ様を間に入れてくだされば問題視されなかったと思わなくもないのですが、当時のカトリーナ様がそれを嫌がっておられたのならば、あのご対応は最善とは言えずとも致し方なかったことかと。

当事者間で解決している事案ですので、醜聞とはまた少し違うのではないでしょうか。

そう思っておりますと――。

「ねぇ、エメライン姉様。その聖女サマだけどね、現在あなたではなく、聖女サマが王太子妃候補として最有力視されていることを知ってる？」

「え……？」


「皇太子‼」

「なんだ、これも伝えていないの？　他国の人間である僕ですら知っていることなのに？　婚約者だと豪語しておきながら情報伝達をおろそかにするとか、エメライン姉様をどこまで侮辱すれば気が済むの？」

「何よりも大切なエメラインを侮辱などするものか！」

「大切、ねぇ？　ユリエル王太子殿。一部勢力から男爵令嬢を正妃にと迫られている状況で、エメライン姉様を王太子妃にとよく言えたね？　このまま強行して妃《きさき》にはできるかもしれないけど、せいぜい第二妃止まりだよね。もしくは側妃《そくひ》。……ああ、貴国には第二妃なんて称号はなかったか」

　ええ、ございませんわ。

　ヴェスタース王国は基本一夫一婦制です。お世継《よつ》ぎの問題であったり政略的観点から側妃や側室といった立場の方々も多くいらっしゃいますが、戸籍上〝夫人〟の称号を持つのは正室だけです。心を通わせた殿方に望まれてなられる方も少なくはありませんが、そういった方々は、皇太子殿下のご指摘どおりお立場は〝愛人〟となります。

「私の妃はエメラインだけだと決めている。下位の男爵令嬢が王族と婚姻などできるはずがないだろう」

「だから公爵家が名乗り出ているんだよね、聖女サマを養女に迎え入れるって」

「家格を無理やり上げたとて、血筋も教養もエメラインには到底敵《かな》わない」

「至極《しごく》御尤《ごもっと》もだけど、公爵家がしゃしゃり出てくるくらいなんだから、下級貴族の血筋を厭《いと》うよりも尊《とうと》ばれる何かを男爵令嬢は持っているってことでしょ」

「……」

　お答えにならないユリエル様に、皇太子殿下はふふ、と愉《たの》しげに笑います。

「無理だよ、王太子殿。貴方がどう足掻《あが》こうとも、有力貴族が結託すれば交代劇は免れない」

「そのような真似《まね》など断じてさせない」

「その心意気はご立派だけど、無理なものは無理だと貴方もよく知っているはずだよね。王族の婚姻に、個人の感情など不要なのだから」

仰《おっしゃ》るとおりです。王侯貴族の婚約や婚姻は契約であって、そこに双方の愛憎など考慮されません。両家の利益になるか否か。重要なのはその一点のみなのですから。

身分に見合った責任が課されることは、教育課程で必ず刷り込まれる常識です。故に、愛を外へ求める方々も多いのでしょう。

わたくしも、女家庭教師《ガヴァネス》からそう教わりました。

「その点我が帝国は、聖女などというまやかしに微塵《みじん》も価値を見出《みいだ》していないからね。特殊な崇拝と権力を持つような存在は国に混乱を招く。そんな女は邪魔になるだけだ」

だからね、と、こんな時に明後日《あさって》の方向へ意識を向けてしまっていたわたくしに視線を寄越され、慈愛に満ちたお顔で笑いかけられました。

「僕のところへおいでよ、エメライン姉様」

「何を言う!!」

ユリエル様が声を荒らげます。

ええ、本当に。何を仰っているのでしょうか。

「僕なら貴女《あなた》を確実に正妃にできる。貴女にも我が帝国の血が流れているし、血筋も容姿も能力も家格も何もかもが優れているからね。何の問題もない。聖女など必要ないから、貴女だけが僕の唯一の妃で、正妃にしてあげられる」

「無礼が過ぎるぞ、皇太子!!」

「どうしてかな？」

「エメラインは私の婚約者だ！　横恋慕の挙げ句、口説くなど、非常識極まりない！」

「あはは！　くだらない！」

「貴様……っ！」

お腹《なか》を抱えて大笑いした後、皇太子殿下は斜に構えて不敵な笑みを浮かべました。

殺伐とした雰囲気の中、わたくしはといいますと、思わずといった体《てい》で驚きの視線をユリエル様へ向けてしまいました。

気の置けない者以外の前でここまで感情をあらわにされるユリエル様は初めて目にします。思惑を覚《さと》らせないため感情を表に出さないよう教育されてきた御方ですのに、まるで皇太子殿下の手のひらで踊らされているようで心配になります。

「さっきから婚約者だと免罪符のように言うけど、今となっては泡沫《うたかた》の夢じゃないか。唯一にできない貴方に、エメライン姉様を娶《めと》る資格なんてないよ。王太子殿こそ横恋慕は見苦しい」

「エメラインは渡さない！」

「随分と身勝手だね、王太子殿？　ねえ、エメライン姉様。王太子妃になるはずだったあなたは、格下の平民上がりにその座を奪われて我慢できる？」

まあ……平民上がりとは、まさかカトリーナ様のことを仰っているの？

「しかも誰よりも正妃に相応《ふさわ》しいあなたが側妃に落とされて、その地位を奪った相手に傅《かしず》かなければならないんだ。唯一にできない愚かな王太子殿は拒絶しきれないまま聖女を抱き、そのたびにあなたに本意じゃないと、仕方ないのだと浅ましくも弁解しながらまた聖女を抱くんだよ。あなたはいずれ聖女の産む王子や王女を養育しなきゃならないかもしれない。教養のない聖女に代わり、公務もこなすことになるだろうね。立場は愛人に近いのに、王太子妃の責務だけは押し付けられるんだ。そんな扱いを許していいの？　今までの血の滲《にじ》むような努力に見合った対価がこんなものだなんて、エメライン姉様は思うはずないよね？」

怒濤《どとう》の勢いで一気に捲《まく》し立《た》てられたわたくしを、反論しようとして止《や》めたユリエル様が強張《こわば》ったお顔で凝視されました。

縋《すが》るような、どこか弱々しく感じる無言の訴えに、わたくしは口元が綻ぶのを我慢できませんでした。

一時はカトリーナ様を愛しておられるのだと思い込み、これ幸いと婚約解消を申し出た不肖《ふしょう》の身ですので、ユリエル様がもしやとご不安に思うことは理解の範疇《はんちゅう》です。

けれど、ユリエル様。

あなた様は少々、わたくしを見縊《みくび》っておいでですわ。

もう二度と、勘違いなど致しません。

綻んだ表情そのままに、揺るがぬ心得を説《と》いて差し上げましょう。

「──唯一でなければならない理由など、ありはしませんわ。皇太子殿下」

だって、わたくしにとってユリエル様のお側《そば》に在ること以上に、大切なことなどないのですもの。

そう。故にそれは、本当に些末《さまつ》なこと。

◆◆◆

唯一でなければならない理由などないと、そう鮮やかに言ってみせたエメラインを、私は信じられない思いで見つめていた。

知られたくなかった。

どうせ立ち消える話で、実現など絶対にさせないと決めていたからだ。

あり得ないことで余計な不安を与えたくない。私には初めからエメラインだけで、今後も彼女以外の女性を招き入れるつもりなど一切なかった。

叔父の大公には息子が三人いる。

仮に、将来的にエメラインが懐妊できずとも、一歳になったばかりの叔父の末息子を後継に選べば済む話だ。

有力貴族との政略結婚ばかりが利益を生むのではない。別の手段で出せる益はすでにいくつも講じてある。政略的思惑で複数の妃など娶る必要もない。

よしんば私に直系が産まれなかったとしても、母上ならば理解してくださるだろう。

王位継承権を持つ男児を産むプレッシャーが如何程《いかほど》のものか、母上こそよくご存じだからだ。

言い方は悪いが、スペアとなる第二王子と、他国との橋渡しのための婚姻という形で使える王女の懐妊も続け様に強く望まれた母上は、そのストレスからお体を壊されて半年程月のものが途絶えたと聞く。それが原因かはわからないが、母上が第二子を授かることは終《つい》ぞなかった。

新たな側妃をとの強い突き上げに屈しなかった父上は、自身の唯一の子である第一王子《わたし》に不測の事態が起きた場合は、王弟の子を後継に据《す》えると宣言した。反発は大きかったものの、父上はそうして私しか産めなかった母上を守り通した。

それと同じことを、私もやればいい。

父上は渋るだろうが、ご自身も我を通したのだ。全面的に拒否はできないだろう。まあされたところで切り崩す手段はあるから問題ないが。

故にエメライン、貴女を唯一にできない理由なんてないんだ。

なのに貴女は……。

「仰るように、仮令《たとえ》カトリーナ様が王太子妃としてお立ちになる日が来ようとも、わたくしがユリエル様のお側を離れることなど決してございませんわ。これまでの王妃教育は国のための、そして王太子殿下であられるユリエル様のためのもの。国とユリエル様に尽くす理由に、わたくしが王太子妃で在るか否かなど些末なことです」

私は今度こそ絶句した。

エメラインが私たちの未来をどう考えているのか、初めて聞いたからだ。

「どのような立場であっても、わたくしの役割もユリエル様への愛情も何一つ変わりません。重要なのはユリエル様のお側に在ることです。ユリエル様の唯一であることではありませんわ」

——だから自分が王太子妃でなくとも、他に妃が何人迎えられようとも、王太子殿下の血を継ぐ御子が自分ではない女性から生まれようとも、愛するユリエル様のために尽くさない理由にはならない——と、エメラインは言い切った。

穢《けが》れを知らない澄んだマーキュリーミストトパーズの瞳で、淀《よど》みなく真《ま》っ直《す》ぐに。

「……エメライン」

天使のように清らかで、女神のように慈愛に満ちた微笑《ほほえ》みを私に向けてこくりと頷《うなず》くエメラインだが、違う、そうじゃないと私は声を大にして言いたい。

そうか。やっぱりそうきたか。

いや、うん。わかってはいた。

嬉しいよ。

そこまでの覚悟を持って深く愛してくれていると再確認できて、本当に嬉しい。嬉しいけども。

「エメライン……私の唯一は、貴女だけだよ」

今まで何度も何度も何度も何度もそう言ってきたのに、網《あみ》で風を捕まえるみたいにここまで手応えがないのは何故なんだ⁉

相変わらずの予想の斜め上思考に涙が出そうだ。ここまで大空振《おおからぶ》りだと、それもある種の才能じゃないかなと一周回って納得しそうで恐ろしい。

何故第二や第三の女を迎えて子供まで産ませる前提で覚悟を決めているんだ、エメライン……‼

途中までは良かったのに。

後半が実にエメラインらしい解釈で泣けてくる。

そこは「ユリエル様のご寵愛《ちょうあい》を頂けるのはわたくしだけです。他は認めません」と言い切ってほしかった。慈悲深いエメラインにそれを望むのは難しいとわかってはいるけど、でも言い切ってほしかった。

とても良《い》い笑顔で愛人容認発言はやめてくれ。その慈悲こそ私に向けてほしい。

無自覚に抉《えぐ》られた心が痛い……。

「この程度では折れないかぁ。……ふふ、そうこなくっちゃ、面白くない」

不意にぽつりと呟《つぶや》かれた皇太子の言葉を、私は正確に拾った。

　不穏な存在から隠すように、胸に引き寄せたエメラインをぎゅっと抱きしめ睨《にら》んでやれば、皇太子が面白そうにうっそりと嘲笑《あざわら》った。

「ぽややぽやしてるから簡単に揺らいでくれるかなと思ってたけど、案外図太いね、エメライン姉様」

「え？　ぽややぽや？」

　ぽややぽやの意味がわからないのか、ぽややぽやが指す対象に心当たりがまったくないのか、エメラインが可愛《かわい》らしく小首を傾げる。

　エメライン。それは私と二人きりの時にしようか。皇太子に見せるんじゃない。

「皇太子。不毛な横槍《よこやり》は諦めろ」

「ふふっ、横槍はあなただよ、王太子殿。初めから彼女は僕のものだ。いい加減返してもらわなきゃ」

「ふざけるな」

「そっくりそのままお返しする。いずれ取り戻すから、それまでに交代劇を阻止できるといいねぇ？」

「開いた夜会は婚約者選定の場だったのだろう。ならば大人しく、参加した候補者の中から相応しい令嬢を選べ」

「ああ、あの夜会のこと？　あんなもの、出来レースに決まっているじゃない」

本命は最初からエメライン姉様なんだから、と愉しげに暴露する。

「だから、貴方と違って身綺麗《みぎれい》な僕が、こうして遥々《はるばる》求愛に訪れたってわけ」

「無駄足だったな。エメラインが貴様のものになることなど、未来永劫《えいごう》あり得ないと思い知るがいい」

「あはは！　いいね！　いつまで強気でいられるかな？　そういう悪足掻《わるあが》き、嫌いじゃないよ」

喧《やかま》しい。

貴様の変態嗜好《しこう》などどうでもいい。

「少しは楽しませてよ、王太子殿？」

「衛兵。ラステーリア皇太子のお帰りだ。丁重にお見送りせよ」

言外に「とっとと叩《たた》き出《だ》せ」と鋭く命じられた衛兵たちが慌てた様子で敬礼し、緊張もあらわに皇太子を誘導する。

抵抗するでもなく皇太子は機嫌良くそれに応じたが、ふと思い出したように足を止めると、エメラインに柔《やわ》らかな微笑みを向けた。

「またね、愛《いと》しい我が姫」

毒のように甘い声など届かせまいとエメラインを抱き上げる。

立ち去る皇太子の背中を振り返りもせず、私は抱き上げたエメラインと側近たち、そしてエメラインにつけていた侍女のジュリアと近衛騎士を引き連れて、執務室へと取って返した。

「あの……」

「待って。ちょっとだけ待ってほしい」

「ユリエル様……？」

「きちんと話をさせてほしい。だから、もう少しだけ待って」

エメラインの言いたいことはわかっている。羞恥心から、自分で歩けるから下ろしてほしいと言いたいんだろう。でも、今は無理だ。だからそう言われる前に先手を打った。

彼女に触れていないと、破壊衝動を抑えておける自信がない。

今すぐあの男を追いかけて、国や立場など顧みず短慮軽率な勢いそのままに殺してしまいそうだ。

そうしないのは、なけなしの理性を掻《か》き集《あつ》めておけるのは、エメラインの確かな温《ぬく》もりがこの腕にあるからだ。彼女を皇太子から物理的に引き離したい。今の私にとって、それより優先すべきものは存在していなかった。

ラステーリア帝国皇太子、アレクシス・テスター・ラステーリア。

お前の企《たくら》みなど、すべて捻《ひね》り潰《つぶ》してやる……!!

「まずは謝罪をさせてほしい。エメライン、本当に申し訳なかった」

執務室に取って返すなり、ユリエル様が頭を下げられました。

何に対しての謝罪であるのか、鈍いわたくしはすぐさま思い至りませんでしたが、皇太子殿下が仰《おっしゃ》っていた王太子妃候補の件だと遅れて理解しました。

「おやめください、ユリエル様。あなた様が頭を下げてはなりません」

「いや、衆目のないこの場はこれでいい。エメラインには誠心誠意真心を尽くしたい」

お顔を上げられたユリエル様の真摯な瞳に射貫《いぬ》かれて、わたくしはそれ以上重ねて申し上げることはできませんでした。

「ダニング嬢に関してそのような話が上がっていることは確かだ。そしてそれを、意図的に貴女《あなた》に伏せていたのも事実だ」

「まあ……」

「だが貴女を蔑《ないがし》ろにしたつもりはないんだ。ましてや侮辱など、誓って一度もない」

「はい。承知しております」

弁明などされずとも伝わっておりますわ。ユリエル様はいつもわたくしに誠実であろうとしてくださいましたもの。

ですが、あの。

ほんの少しで良《い》いのです。

お話は、ちょっとだけお待ちくださらないかしら。

「言い訳になってしまうが、ダニング嬢が妃《きさき》候補だなんて現実的じゃない話は、すぐに立ち消えると思っていた」

「そうなのですか？」

「当然だろう？　素《もと》より教育水準に達していない男爵家の娘が、高い教養を求められる王太子妃になんて暴挙が罷《まか》り通《とお》るわけがない」

確かに、仰るとおりです。

上位貴族と下級貴族では、そもそも課される教育が違います。王族に輿《こし》入《い》れする可能性を見据《みす》えて、公爵家や侯爵家では幼い時分から厳しいカリキュラムが組まれているからです。

上位貴族に含まれる伯爵家でさえ、王族に嫁《とつ》ぐには身分が低いとされ、輿入れするには様々な障害があります。そのひとつが、公爵家や侯爵家の教育課程より低い水準でカリキュラムが組まれていることです。

妃教育を受ける前の素地が出来上がっておらず、伯爵家のご令嬢は大層ご苦労されるのだそうです。

さらに下位に一代かぎりの騎士爵がございますが、世襲制の貴族の中で最下位にあたりますのが男爵家です。国王陛下に謁見《えっけん》できる身分ではありませんので、王家の方々の御姿を拝見できますのは学園に通っている間だけになります。

そのような経緯から、男爵家の教育課程に王族へ輿入れできる可能性を考慮したものは当然含まれていません。

組まれるカリキュラムの違いを例に挙げますと、公爵家や侯爵家が課す水準が三ヵ国語を流暢《りゅうちょう》に話せるトライリンガルであるならば、男爵家の水準は母語以外に一ヵ国語の単語の書き取りができれば合格ラインです。

王太子妃教育にはさらに二ヵ国語が追加された、多言語話者《マルチリンガル》が求められます。伯爵家のご令嬢でも苦労する妃教育とは、そのような意味になります。

「養子縁組で無理やり家格を上げた程度で素養の低さをカバーできる程、王太子妃の立場は容易なものではない。エメラインと、かの令嬢とでは掛けてきた年季が違う。王太子妃の立場はお飾りでは務まらないのだと、長年教育を受け母上の公務を手伝ってきたエメラインこそよくわかっているだろう？」

「ええ、重々承知しておりますわ。……ああ、いえ、その前にユリエル様」

「奴《やつ》の主張を一部認める形になるのは大変癪《しゃく》だが、皇太子の言い分は的《まと》を射た部分もあった。一度失態を演じている身としては、貴女にきちんと謝罪すべきだと思ったんだ。要《い》らぬ心配と不安を抱いてほしくなくて黙っていたけど、確かに情報の選別だった」

「それは、ユリエル様がお決めになることです。わたくしにすべてお話しになる必要はございませんわ」

「エメライン……」

ユリエル様の悔いたお顔を眺《なが》めておりましたら、つい生意気にも意見など申してしまいました。

いえそれよりも！　今すぐどうにかしなければならない案件が！

「あの、ユリエル様、少々お待ちを」

「貴女としっかり向き合える時間が持てたことはこの上なく僥倖《ぎょうこう》だけれど、こちらの段取りとか思惑をすっ飛ばして勝手気ままに言いたい放題してくれやがって、あの鼻持ちならないクソガキめっっ」

「殿下。御言葉が乱れておりますよ」

すかさずフランクリン様が諫言《かんげん》されます。「乱してるんだよ」と、ユリエル様は怪訝《けげん》なお顔で返されました。

「求婚に来ただと？　寝言ってのは起きた状態でも言えるのか？」

「それは寝言ではなく宣戦布告ですね」

「ふん、あの国の皇室は愛さえ略奪か」

「あの！　ユリエル様！」

お話の腰を折るなど不敬極まりない行為ですが、まずはこの状況をどうにかしたいのです！

恥ずかしさで居たたまれないと申しますか、とにかくもう限界なのです！　割って入らせていただきます！　本当に申し訳ございません！

「うん？　どうしたんだ、エメライン？」

「その……何故《なぜ》わたくしは、ユリエル様のお膝《ひざ》に抱かれているのでしょうか」

そうなのです。回廊で抱き上げられてからずっと、執務室へ入室してからもソファに腰を下ろされたユリエル様のお膝に、さも当然と言わんばかりに横抱きのまま座らされているのです。

それも、フランクリン様やグリフィス様、ジュリアに近衛《このえ》騎士と揃《そろ》う中で、です。

皆様、どうして何事もなかったかのように、普通にしておられますの⁉

日常風景を描いた一《いっ》架《か》だと言わんばかりに触れないのはどうかと思うのです！

は、恥ずかしい……！

「ああ、私の膝上で横抱きにされたまま恥ずかしそうに視線を泳がせているエメラインが可愛《かわい》い。めちゃくちゃ可愛い」

「殿下。下心しかない心の声が漏れています」

「わざとだ」

フランクリン様とグリフィス様の呆《あき》れた視線を物ともせず、赤面しているであろうわたくしの髪

を、猫を愛《め》でるようにゆっくりと指で梳《す》いておられます。

「あの、ユリエル様……そろそろ下ろしてくださいませ……」

「それは無理」

「えっ？　な、何故です⁉」

「それはね、エメライン。貴女を抱いていないと今すぐ皇太子を追って首を刎《は》ねてしまいそうになるからだよ」

「え？」

「殿下。国際問題になる発言はお控えください」

再びの諫言がフランクリン様から発せられました。

何やら不穏な発言を耳にしてしまったような気が……。いえ、まさか。御心の優しいユリエル様にかぎって、そのような。

きっとわたくしの勘違いです。聞き間違いをしたのでしょう。

首を刎ねるなんて物騒な物言いを、ユリエル様がされるはずがありませんもの。

「他に聴いている者もいないんだから、ちょっとくらいいいだろ」

「駄目です」

「実行に移さなかった私を少しは褒《ほ》めてもいいと思うんだが」

「よく耐えられました。ご立派です」

「やめろ。腹が立つ」

「褒めろと仰ったのは殿下ですが」

「お前から褒められてもまったく嬉《うれ》しくない」

「何たる理不尽」

信《しん》じ難《がた》いものを見るように絶句したフランクリン様を、ユリエル様は視界の端に追いやったご様子です。

わたくしは、フランクリン様とグリフィス様へちらりと視線を向けました。

人前で相応《ふさわ》しくない過度な接触であると、ユリエル様を説得してくださいまし。

わたくしの訴える視線にお気づきになったお二人は、交互にユリエル様とわたくしを幾度も見返して、最終的には諦観したような、爽《さわ》やかな笑みを浮かべて揃って首を左右に振られました。

「諦めてください」

「重石《おもし》は必要です」

「重石」

唖然《あぜん》と鸚鵡《おうむ》返しで呟《つぶや》いてしまいました。

重石扱いはさすがに酷《ひど》いのでは。

ユリエル様は猛獣ではありません。どんな場面であろうと理性的な判断をされる尊敬すべき御方ですのに。

エメライン――と名をお呼びになるユリエル様の表情がとても真剣だったので、覚えずわたくしも居住まいを正します。

下ろしてくださる気になったのかしら。

形の良い薄い唇が近くて、目の遣《や》り場《ば》に困りますわ。

「貴女と私の婚約に関して、意見する者たちがこれから増えるかもしれない」

「それは、ハウリンド公爵家から、と解釈してもよろしいですか」

「そのとおり。察しがいいね」

物覚えの良い生徒を褒めるように、柔《やわ》らかな表情で頬を撫《な》でてくださいます。

あの、耳の輪郭《りんかく》をなぞるのはやめてください。ぞわりとして、はしたなくも肩が跳ねてしまいましたわ。

「ではお兄様の結婚式で、ハウリンド公爵家の門閥だと名乗ったあの方が言っておられた『ハウリンド公爵家が迎え入れるお嬢様』とは、カトリーナ様のことなのですね。すでに確約された縁組なのですか」

「いや、今のところ申請書は提出されていない。ダニング男爵に受けるなと釘《くぎ》を刺しているからね、表立っては動いていないようだ」

「表立っては、ということは、水面下では動いておりますのね」

「そういうことだね」

カトリーナ様は大丈夫でしょうか。

想《おも》い人《びと》が他にいるのだと仰っていましたが、その方とのご縁に陰りなどなければよいのですが……。

# 第12章　ユリエルの能力

「随分とご機嫌ですね、皇太子殿下」

鼻歌交じりに正門を通過したところで、音もなく背後に一人の男が現れた。

ぴたりとお供に付いた馴染《なじ》みの男を振り返りもせず、アレクシス・テスター・ラステーリアは燃えるような赤髪を風に遊ばせながら朗らかに応《こた》える。

「まあね～」

「姫君にはお逢《あ》いできましたか」

「邪魔なのがいくつかくっついてたけどね。会えたよ」

「左様で」

主《あるじ》の目的は達成されたと認識した途端興味をなくした様子で、男は魔導具の蓋《ふた》をカチリと開けた。

「いつでも発《た》てますが、どうされますか？」

「そうだね、種は蒔《ま》いておいたし、芽吹くまで待つのも一興かな？」

何を想像して愉《たの》しげに金眼《きんめ》を細めているのかよく知っている男は、重ねて問うことはしない。分かりきっていることを聞くなと、愚問を愚答で返されるだけだ。男も無駄は嫌いだ。

「ああ、そうだ。奴《やつ》はどうしてる？」

「順調であると報告が上がっております」

「ふ～ん、順調なんだ。つまらないなぁ」

それはこの国の生まれで賤陋《せんろう》な者だが、まあまあ使える能力を持っていた。

三年前にわざわざラステーリア帝国にまでやってきて自分を売り込んできた時はちょっとだけ興味を引かれたけど、今となっては大して面白くもない。しかし労せずスムーズに事を運べているなんて生意気だよね、とアレクシスは思った。

少しだけ力の上乗《うわの》せが可能な魔導具を授けているが、それだけがせめてもの余興くらいにはなるか。

奴は力が増したと調子に乗っているのだろうけれど、持って生まれた素質以上のものを、何故《なぜ》ノーリスクで得られると思えるのか甚だ奇怪だ。

「華々しく散る姿を直接見られないのはちょっと残念かも？」

「爆発四散する末路を華々しいと表現されるのは、皇太子殿下くらいのものです」

「え～、そうかな？　お祖父様《じいさま》は確実に同じことを言うと思うけど」

「ああ、そうですね。あなた様のご気性は先帝陛下譲りでした」

淡々と相槌《あいづち》を打つ男をちらりと見遣《みや》る。

どこへでも違和感なく紛れ込めるような、突出した特徴が何一つない容姿。美醜のどちらでもなく、人混みに完璧に埋没してしまえる記憶に残らない男。側近であるこの男の説明をするならこれだ。

気配すら希薄なので、鮮やかな色彩と美貌を持つアレクシスの側《そば》にいると尚更《なおさら》目立たない。暗躍に適した実に使い勝手の良《い》い奴だ。

帝位継承権争いにも一役買った。死んでいった兄弟たちの手に渡る前に配下に置けたのはまあまあ良かったかな。それさえもつまらない余興だったけど、とアレクシスは、そこで過《よぎ》った過去をあっさり切り捨てた。

「今頃ヴェスタース王宮は事実確認でてんやわんやかな」

急に降って湧いたように宮殿内に現れた他国の皇子に、衛兵はもちろんのこと近衛《このえ》騎士や内官もかなり動揺していた。

その様を思い返して、アレクシスは面白かったなぁと暢気《のんき》に目を細める。

魔工学の発展で、数年前に転移門が造られた。様々な条約で各国に設置されることになった転移門は、事前申請で国の許可を得ていれば使用可能だ。それを使えば首都の隣街へ簡単に移動できるようになった。

そこから馬車で首都を目指すだけなので、数週間、もしくは数ヵ月かかっていた移動時間を大幅に短縮できた。しかし莫大《ばくだい》な稼働費用を必要とするため、転移門は主に移動に時間をかけられない国賓や高位貴族だけが使用している。

今回アレクシス一行は、親善使節としてこの転移門を通って訪問する手筈《てはず》になっていた。ヴェスタース王国にはそのように通達し、国王から転移門使用を許諾されている。

だがヴェスタース王宮には、転移門を使用したと報告されてはいないだろう。実際アレクシスたちは、転移門を使っていない。

「ふふっ。王太子のあの焦《あせ》った顔、傑作だったなぁ。正門どころか転移門さえ通っていないんだから、いろんな意味でひやりとしたはずだよ」

そう、王太子の言い分は正しかった。

はっきりと視認できる形で正門を通過していないのだから、守衛の職務怠慢説は確かにあり得ない。

「それはそうでしょう。転移門を使わずどうやって国境を越えたのか不明で、加えて正門を通ることなくあっさり王宮へ忍び込まれたのですから。侵入経路とその手段もですが、いつでも寝首を掻《か》けるのだと脅迫されたも同然なのです。まともな神経を持っているなら、最大限警戒レベルを引き上げても安心などできません」

「王太子の首なんて要《い》らないよ。そんな毒にも薬にもならないつまらない首、観賞用としてもお粗末すぎて使い道がないじゃないか」

「おや。姫君奪取の最大の難敵かと思っておりましたが」

「難敵？」

あはは、と声を上げて嘲笑《あざわら》う。

「ねえ、クリード。君はなんて優しいんだろうね？　王太子を難敵だと認めてあげるだなんて」

うっそりと嗤《わら》う主を見つめて、クリードと呼ばれた男はこてりと首を傾《かし》げた。

「はて。かの王太子は厄介な能力を隠し持っていたはずですが。それでも難敵ではないと？」

「ああ、アレ？　面白いよね、バレてないと思ってるんだから。何十年も潜り込んでいる間者《かんじゃ》なら、ずっと観察しているだけで答えを得られると気づいてもいない」

脅威的な力を持つ者は、その能力ゆえに裏をかかれるとは思っていない。持たざる者に比べて警戒心が緩いのだ。

死角のないものなど存在しないと、認識はできても意識はしていない。そこがあの王太子の甘さと弱さだ。

「お祖父様は国盗《と》りに御執心だけど、僕はそうじゃない。無駄に領土を拡大して何になる？」

「ヴェスタースは豊かですから、肥沃な土地と資源確保の面ではかなり魅力的な国です」

「その程度なら帝国領土で十分賄《まかな》える。すでに広大な国土を保有しているのに、さらに増やして統治するの？　面倒臭いじゃないか」

「いずれ統治者になられる方が何を仰《おっしゃ》っているのやら。では王国を存続させるとして、姫君はどうされるのです?」

「取り返すけど?」

クリードは口を噤《つぐ》んだ。

その取り返す過程で確実に邪魔をしてくるのが王太子なわけだが、彼を殺すわけでも排除するわけでもなくどうするつもりなのかとさっきから問うているのに、皇太子はいったい何を考えているのか。

「王太子の秘匿された能力がそれを阻《はば》むと思われますが」

「阻めないよ。だって絶対に無理だと思い込んでる王太子はわかっていないけど、案外対策は簡単にできるんだよ?」

あの鉄壁ガードと言っても過言ではない厄介極まりない能力が、簡単に躱《かわ》せる?

「迂回《うかい》するっていうか、発動条件の裏をかくんだよ」

「迂回ですか?」

「そう。王太子の能力は、彼や彼の指定した人物への悪意や攻撃をさせないための特殊なものだけど、その悪意や害意を抱きさえしなければ、王太子にも指定した人物へも接触は可能なんだ」

よくわからない。

邪魔者を排斥《はいせき》しようとすれば、そこには悪意も殺意も生ずるものだが。

「まだわからない?　頭が固いねぇ、クリード。僕はね、王太子に悪意はあっても害する気は更々ないし、エメライン姉様に関しては悪意すらない。エメライン姉様を取り返すのは当然だし正当な理由だ。それは悪意でも攻撃でもないのだから、王太子の能力は発動しないんだよ」

「ああ……なるほど？」

「王太子も今回のことでそれに気づいたと思う。だから『いろんな意味で』ひやりとしたはずだって言ったんだ」

そう。王太子の能力はアレクシスには発動しない。その上で、いつでもエメラインを連れ去ることができると証明されてしまった。王太子は大いに動揺していることだろう。

足早にエメラインを引き離していく後ろ姿が、かの王太子の心境を如実に物語っていた。

「転移門を使わず、また国境検問所を経由した形跡もない未知の移動手段。目撃情報のない、正門からではない謎の侵入経路。ヴェスタースが右往左往しているかと思うと愉しいよねぇ」

アレクシスは足取りも軽やかに郊外の森へと赴《おもむ》いていた。

ぽっかりと大穴を開けたように拓《ひら》かれたその一角に到着すると、ギャワギャワと騒ぐ声が聴こえてきた。

「国盗りは興味ないけど、エメライン姉様を奪取したら後はお祖父様の好きにすればいいさ。あの能力があれば、最悪王太子だけは生き延びるんじゃない？」

侵攻・侵略・略奪が好物のお祖父様と、回避能力に長《た》けた王太子の一騎討ちなら見てみたいかも、とさほど興味があるようにも思えない様子で宣《のたま》う。

「僕が正門を本当に通ったのかどうか――それが解ければ、僕らが用いた移動手段にも辿《たど》り着けるかもね」

言って、クリードが持つ魔導具を一瞥《いちべつ》した。

ギャワギャワと鳴く鳴き声と、彼の手のひらに載る小箱。

異能はヴェスタース王国の十八番《おはこ》だが、ラステーリア帝国には魔工学がある。数とバリエーションならラステーリアに軍配が上がるのだ。

せいぜい悩んで苦しみなよ、とアレクシスはうっそりと嗤うと、転移門と国境検問所を経由しない移動経路で帰国すべく、一際《ひときわ》明るく照らされた一角へと歩を進めたのだった。

◆◆◆

「私たちの婚約が覆ることは決してない。口さがない者たちの噂話《うわさばなし》が耳に入ることもあるかもしれないが、そこだけは信じてほしい」

「はい」

「たとえダニング嬢がハウリンド公爵家に入ろうとも、私の正妃は貴女《あなた》だけだ。側妃《そくひ》も公妾《こうしょう》も要らない。本当に必要ない。生涯貴女だけを愛すると心から誓う。だから、耳障りな何かを聞いてもどうか迷わないで。エメラインが王太子妃なのだと疑わないで」

まあ、と驚きに目を瞠《みは》ったエメラインが、狡《ずる》く浅ましくも愛を乞う私の手を取り、花が綻ぶように笑みを浮かべた。

「はい。わたくしも誓います。生涯ユリエル様に仕え、心から愛し、あなた様に愛されているのだと疑いません」

「私の唯一だと心に留めてくれる？」

「もちろんです。わたくしはユリエル様の唯一で、またわたくしにとってもユリエル様が唯一なのだと」

ほっと安堵《あんど》の息が漏れた。

よかった、今度こそ伝わった。正しく伝わっていると思いたい。頼むからおかしな方向へ曲解しないでくれ。

「黙っていたこと、許してくれるだろうか」

「おこがましくもわたくしがユリエル様を『許す』などとんでもない！　初めから露程も怒っておりませんし、ユリエル様がお決めになったことならば、わたくしは喜んで付き従いますわ」

全幅の信頼を寄せてくれるエメラインの真っ白な純粋さに、私は些《いささ》か良心が痛んだ。そう、残念ながら些か、微々たる良心の呵責《かしゃく》だ。

すまないエメライン。本当にすまない。

反省はしている。だが貴女なら許してくれるだろうと、意図的に躊躇《ためら》いなく演じてしまえる卑《ひ》怯《きょう》な男なんだ、私は。

どう謝罪すれば貴女の慈悲に触れることができるか、どんな表情で縋《すが》れば貴女が慈愛を向けてくれるか、わかっていいてやっている私をどうか嫌いにならないで。

そしてそのまま誤魔化されて、有耶無耶《うやむや》になったまま私の膝《ひざ》に抱かれていいてほしい。

疑問や羞恥心など忘れて是非ともこのままの体勢で！

「ありがとう、エメライン。貴女に軽蔑されたらどうしようかと、とても不安だったんだ」

「ユリエル様を軽蔑だなんて！　あり得ませんわ！」

「本当に？」

「ええ！　天地神明《てんちしんめい》に誓ってそれは絶対にないと断言します！」

「ああ、よかった……エメラインに嫌われたら私は生きていけない」

ギュッと抱きしめる私の背中に腕を回し、慰《なぐさ》めるようにぽんぽんと撫《な》でてくれる。

はぁ、今日も不動の天使だな、私の婚約者殿は。

清らかすぎて少々心配にはなるが。

おい、サディアスにエゼキエル。「態度が白々しい」とか「気持ち悪い」とか、陰口は私のいないところで叩《たた》け。特にエゼキエル！　主に向かって気持ち悪いとは何だ！

「ユリエル様？」

「何でもないよ。そうだ、エメライン。貴女にいくつか確認を取りたい。構わないだろうか？」

「わたくしに答えられることでしたら何なりと」

よし。言質《げんち》は取った。

「殿下……」

「やめておけ、サディアス。あの悪癖は直らない」

喧《やかま》しい。

残念なものを見るような目はやめろ。

本当に、私を何だと思っているのか、二人には今度きっちり聴取しなければならないな。

「皇太子とは祖母君の里帰りの際に会ったきり、その後一度も邂逅《かいこう》していないとジャスパー殿から聞いている。手紙のやり取りも一度もなかったと」

「はい。先程お会いしたのが二度目になります。正直申しますと、はとことはいえ幼少期にたった一度、僅かな時間を共有させていただけただけのわたくしに、あれ程の親しみをお持ちくださっていたことが不思議でなりません」

「貴女を皇太子妃にと望むくらいだ。その過去の際会《さいかい》に、皇太子にとって決定打となるような何かがあったのではないか？　何か思い当たるようなことは？」

「殿下。事件じゃないんですから」

「事件や事故のようなものだろう」

「不適切です」

「じゃあ出会《でくわ》す」

「同じ意味です」

口煩《くちうるさ》い奴め。あんな害虫との遭遇に『出会い』やら『巡り合い』などと口にするのも腹立たしいわ！

「それで、エメライン。どうだろうか」

暫《しば》し熟考していたエメラインは、何も思い当たる節がなかった様子でゆるゆると首を左右に振った。眉尻が下がっている。ああ可愛《かわい》い。

「お役に立てず申し訳ございません」

「いや、いいんだ。エメラインが謝ることじゃない」

当人の記憶に残らないような些細《ささい》なことであっても、相手にとっては忘れられない劇的な何かになることもある。あの鼻持ちならない皇太子の記憶に、エメラインの何かが執着に繋《つな》がる程鮮明に残った。面白くないが、端的に言えばそういうことだろう。

思い出の中であっても、奴の記憶にエメラインがいるのだと思うと腹立たしい。いっそのこと記憶を物理的に抹消してやろうか。

「殿下。本気で国際問題は避けてください」

「何も言っていないだろ」

「魔力に不穏な揺れが視《み》えましたもので」

「……」

僅かな魔力の残滓《ざんし》すら読み取るエゼキエルにそう指摘されては、何も言い返せない。表情《かお》には出さずとも、感情に反応する魔力までは完全に抑えられない。特に微《かす》かな揺らぎにさえ気づくエゼキエルが相手では隠し事も難しい。

まあ、微々たる揺れに気づけるのはグリフィス侯爵家一族くらいなものだが。

「エメライン。前々から気になっていたのだけれど」

私の膝の上で、可愛らしくこてりと小首を傾げる。至近距離で見上げる警戒心のけの字も見当たらないその仕草に、私は一瞬理性を失った。

「殿下。魔力が桃色一色なのは勘弁してください。吐きそうです」

何だそれは。魔力に色があるとは初耳だぞ。しかも吐き気を催《もよお》すとはとんだ暴言だな⁉　言い方は大事だと思うぞ、エゼキエル！

まあそのおかげで、喜び勇んで職務放棄しそうになった理性がすんと真顔になったからいいけどな。

「グリフィス様、お具合が悪いのですか？　少し休憩なさった方がよろしいのでは……」

「いえ、ご心配には及びません。殿下が王太子然となさっていれば治まる症状ですので」

「まあ……ユリエル様にそのような不思議な御力が？」

「というより、職業病の一種ですね」

「職業病……初めて耳にしましたわ。官吏の方々は本当に大変なお仕事をされておられますのね。どうかご無理だけはなさらずに」

「ありがとうございます。殿下に爪の垢《あか》を煎じて飲ませてくだされば、アークライト嬢のお優しさの一欠片《ひとかけら》でも殿下に宿るのではないでしょうか」

「喧しいぞ、エゼキエル」

エメラインの爪の垢を煎じたものなら喜んで飲むけどな。それでお前への慈悲心が芽生えるかどうかは別問題だ。

少なくとも現時点では、主に吐き気を催すような可愛げのない臣下に施す慈悲など微塵《みじん》もないがな！

「エメライン。エゼキエルは放っておいていい」

「よろしいのですか？」

「放置で構わない。それよりも、教えてほしい。幾度も貴女以外いらないのだと伝えてきたはずの私に、何故婚外子まで出来る前提であのような覚悟を決めていた？」

いくら斜め上を行くエメラインの思考回路であっても、極論とも言える考えに至るには無理がある。どう考えても思考誘導の介入があったとしか思えない。

「愛人を囲うのは殿方《とのがた》の甲斐性《かいしょう》だと、以前侍従長の奥方、ターナー夫人に教わりました。女はそれを受け入れる度量を見せなくてはならないとも」

やはり出所は侍従長の細君か！　悉《ことごと》く私の邪魔をするとはいい度胸だ！

「解雇だな」

「え？」

「エメライン、よく聞いて。それは極論だ。そんなものが男の甲斐性であるわけがない」

「そう、なのですか？」

「そうだ。男女は平等であるべきだろう。男だけが愛人を容認されるのはおかしい。ただ一人を愛せないのは裏切りだ。唯一と定めた女性だけに愛を貫いてこそ男の甲斐性だと私は思う。故にエメライン。ターナー夫人の教えはすべて思惑あってのまやかしだ。忘れなさい」

「え。全部、ですか？」

「そう。全部」

閨《ねや》の作法は私が教えるから問題ない。すでに刷り込み《インプリンティング》は進んでいる。ターナー夫人の教育など始めから必要ないのだ。

「これも以前に伝えたことだが、今一度言う。妃はエメラインだけでいい。貴女じゃなきゃ意味などない。だから、私の子を産むのも貴女だけだ。仮に貴女が孕《はら》めないならば、私の直系は必要ない。その時は叔父である大公殿下の末息子を後継に据《す》える」

「殿下⁉」

寝耳に水だと言わんばかりに愕然《がくぜん》とする側近二人に、私はにやりと不敵に笑ってみせた。

「もう決めたことだ」

「しかしそれでは！」

「男の甲斐性とはこういうことだと私は思うぞ」

「ですが！」

「ならばお前たちは、各々《おのおの》の婚約者に子が出来ねば側室を迎えるのか」

「迎えません。幸い弟が四人おりますので、跡継ぎには事欠かないでしょう」

「同じく。それにそんな真似《まね》をしたらシルヴィアに殺されますよ」

ああ、まあ……あの鞭捌《むちさば》きはなぁ……いったいいつもどこから取り出しているのか、永遠の謎だな。軍部に是非とも欲しい逸材だが、そんなことを提案しようものなら軍馬の心情を図《はか》らずも思い知ることになりそうだ。

「甥《おい》と叔父の末子では意味が違ってきますよ、殿下」

「そうです。我らのように、あなた様には陛下の血を継ぐ弟君がおられない。大公殿下は王弟で在られますが、殿下にとっては直系尊属ではありません。仮に大公殿下の末の王子殿下があなた様の跡を継いだとしても、かの王子殿下は直系卑属ではないのです」

「つまり、王太子殿下で一度直系は途切れる、という一大事なんですよ」

それは承知している。

父上が我を通せた状況とは重要性が違うということくらいわかっている。

一人息子とはいえ、父上には実子が生まれたわけだからな。

「理解している。私《わたし》に子が出来なければ、侍従長も貴族たちも黙ってはいないだろう。挙《こぞ》って後宮に自分の娘を入れようと結託するくらいはやるな」

「そのとおりです。殿下の御心がどうであろうと、お世継《よつ》ぎの問題は看過できませんから」

ふん、何とも面倒なことだ。側近でさえこれなのだからな。

まだ十代の若い身空でエメラインに負担を強《し》いる環境は気に入らない。少なくともあと十年は、無粋な突き上げなど絶対にエメラインの耳には入れさせないぞ。

要らぬことばかり吹き込むターナー夫人は早々に解雇して、侍従長にもそれ相応に釘《くぎ》を刺《さ》しておこう。

強いストレス環境では出来るものも出来ない。母上の二の舞など踏ませるものか。

「世継ぎと言うが、そもそもな、子が出来ないのは男に原因がある場合も少なくはないそうだぞ。それを棚に上げて他所《よそ》で試すなど、愛する女性への最大の裏切りと侮辱だろう」

「いや、そのとおりではありますが……」

「しかし王侯貴族の婚姻は契約ですし……」

サディアスとエゼキエルの言いたい事はわかる。寧《むし》ろ上位貴族としては正論だし、私が間違っていれば臆さず諫言《かんげん》するのが彼らの務めだ。

「ユリエル様……そのような……」

ああ、エメライン。そんな顔をしなくてもいいんだ。貴女のせいなわけがないだろう？

「エメラインが見せてくれた覚悟と同等のものを、私は貴女へ捧《ささ》げる」

これが私の誠意だ。

揺れるマーキュリーミストトパーズの瞳を見つめながら、私はやんわりと微笑《ほほえ》んだ。

◆◆◆

ユリエル様の並々ならぬお覚悟を感じて、わたくしは揺れ動く両極の感情を抑えるように、そっと胸を押さえました。

決して血を絶やしてはならない王太子というお立場でありながら、わたくしを慮《おもんぱか》ってくださるお優しい方。

その御心が嬉《うれ》しくて、反面、そのようなお覚悟をさせてしまう自身の不甲斐なさがひしと身に迫ってくるようです。

以前、ユリエル様は仰いました。「王家血統の存続は貴女ひとりに懸かっている」と。

その頃から——いいえ、それ以前から、でしょうか。わたくしに子が出来ない可能性も考慮しておられた。それでもわたくしただ一人なのだと、ずっとお伝えくださっていました。それは王太子殿下の伴侶として破格の扱いです。

何を措《お》いてもお世継ぎを授からねばならない、それが王太子妃候補に選ばれたわたくしが、第一と心得るべき最重要事項。御寵愛《ごちょうあい》を受けながらも万が一にも子を生せないならば、その時はわたくし自らが王妃様に申し出なくてはならないでしょう。

ユリエル様の御子を身籠《みごも》れる、血筋、家柄、お人柄の揃《そろ》ったご令嬢を妃としてお迎えしたい、と。

ツキリと胸に鈍い痛みを感じます。ですが、王家存続というユリエル様の大業の前で、わたくしの揺れる感情など些末《さまつ》なこと。その程度の覚悟なくして王太子妃は務まりません。

もちろん授かることが大前提ですが、もしもわたくしがお役目を果たせないならば、わたくし自身が見切りをつけて早々に対策を打たねばなりません。

後宮を束《たば》ね、采配するのは王妃の役目。王太子宮の管轄も、最高責任者は王妃様です。ならば『万が一』が起こり得た場合、王太子ユリエル様の伴侶であるわたくしから、王妃様へ側妃を願い出るのが通例。我が身可愛さにユリエル様の御寵愛に縋るなど、寧ろ恥だと心に刻むべきですわ。

「ユリエル様、お任せください。わたくし、必ずや成し遂げてみせますわ」

「うん……いや、ちょっと待って。何故かな、貴女と私の間に、大峡谷よろしく埋めようのない齟《そ》齬《ご》を感じるのだが」

ユリエル様のアメジストの双眸《そうぼう》が険しく細められます。

いいえ、ユリエル様。わたくしは正しく理解しておりますよ。あなた様はお優しいから、優しすぎるから、わたくしが勧める必要があるのです。

ですから、大丈夫ですわ。ユリエル様の血を絶やさないと、ここに誓います！

「絶対食い違っているよね？　なに、その決意表明みたいな凜々《りり》しい眼差《まなざ》しは」

「さすがアークライト嬢。淑女《しゅくじょ》の鑑《かがみ》と称されるだけはある。あなた以上に王太子妃に相応《ふさわ》しい方はおられないでしょう」

「誠に。敬服致します」

「まあ、ありがとう存じます」

「ちょっと待て」

おどろおどろしく、ユリエル様がフランクリン様とグリフィス様を睨《にら》まれています。

「ややこしくなる。お前たちは黙っていろ」

「いいえ、黙りません。殿下、アークライト嬢は先を見据えておられます。ご自身の感情より王家を優先されました。ご立派です」

「黙れサディアス」

「あなた様も、〝王太子〟の御役目に向き合ってください。アークライト嬢にだけその責任を押し付けてよろしいのですか」

ギリッと歯嚙《はが》みする鈍い音がしました。フランクリン様を、まるで親の仇《かたき》を見るような鋭い眼光で睨んでおられます。

わたくしは、またユリエル様の御心に寄り添えていない発言をしてしまったのかしら……。

申し訳なさで視線を落としてしまったわたくしの耳に、ジュリアの凛《りん》とした声が触れました。

「発言をお許しください」

「……ああ、許可する」

「ありがとうございます。では——御三方は何故、エメライン様がご懐妊なさらない前提でお話をされていらっしゃるのでしょうか」

「何？」

ひやりとした声に、ユリエル様やフランクリン様、グリフィス様の双眸がくっと見開かれました。

ジュリアの温度のない視線と声音から、彼女は静かに憤《いきどお》っているのだとそれだけで察せられます。

「エメライン様はまだ十八であられます。恐れながら、王妃様が殿下を身籠られたのは二十歳の頃と聞き及んでおります。正式に娶っておられないのに、何故今、エメライン様がお世継ぎを授からない可能性に言及しておいでなのです？」

正式に娶《めと》ってはいない――その言葉に、御三方だけでなく近衛騎士もはっと目から鱗《うろこ》が落ちたような表情をされました。

斯《か》く言うわたくしも、ジュリアに指摘されて気づいた口です。ユリエル様方を責められません。わたくしも同罪です。

正式に娶ってはいない、それは、……ひ、避妊している段階で何を言っているのか、という、その……ああ！　これ以上は無理です！

「女性にとって、伴侶となる方の御子を授かれるかどうかはとてもデリケートな案件です。長年連れ添った夫婦間でも、それは変わりません。時間を掛けて〝試して〟もいないのに、殿方だけで進める話ではありませんわ。それはエメライン様への、これ以上ない侮辱になると、御三方、気づいておられますか」

「!?　わっ、我々は、決してそのような……!!」

「アークライト嬢を侮辱!?　そんなわけあるはずがない!!」

「いや……」

ざっと音を立てるように一気に青褪《あおざ》めたフランクリン様とグリフィス様のお声を遮《さえぎ》って、ユリエル様が緩く首を振られます。

「アテマ夫人の言うとおりだ。私が間違っていた」

アテマとは、ジュリアの婚家の家名です。因《ちな》みにジュリアの旦那様は、わたくしの専属護衛を任ぜられた近衛騎士で、現在ユリエル様の執務室に入室している騎士の一人でもあります。

ジュリアには二歳になる男の子がいて、何度か会わせてもらいました。旦那様であるジェラント・アテマ伯爵に似た、銀髪碧眼《へきがん》のとても愛らしいご子息です。そのご子息と同じ碧眼を目一杯に見開いたアテマ伯爵は、口元を押さえて奥方を凝視しておられます。

ああ、そういえば、ジュリアは結婚して八年間子宝に恵まれなかったと聞きました。前伯爵夫人から、幾度も側室を迎えるよう伯爵を説得しなさいと言われ続けていたとか。そのことに思い至ったのでしょうか。

「アテマ夫人。忠言感謝する。同じ女性で、且《か》つ跡継ぎ問題に直面した経験のある夫人であればこその言葉だろう。危うく私は無自覚にもエメラインを傷つけてしまうところだった」

「立場も弁《わきま》えず、生意気を申しました。ご寛恕《かんじょ》賜《たまわ》り感謝申し上げます」

「いいや、それでこそエメラインの筆頭侍女だ。私が間違っていれば、これからも忌憚《きたん》なく諫《いさ》めてくれ」

「ありがとうございます。それから、続けて謝罪を申し上げます。ラステーリア皇太子の行きすぎた行動からエメライン様をお守りできませんでした。初動が遅れ、弁明の余地もございません。申し訳ありませんでした」

「我々近衛も同罪です。どうぞ処罰をお与えください」

ジュリアとアテマ伯爵、そして他の三名の騎士の方々が膝を屈し頭を下げます。

そのような謝罪は不要です。お相手は他国の皇族、それもお世継ぎである皇太子殿下です。武力衝突など許されるお方ではありません。阻止などそれこそできないでしょう。

「不法侵入とはいえ、相手はラステーリア帝国の皇太子だ。貴殿たちに落ち度はない」

さすがユリエル様です。どんなに耳の痛い言葉であっても、ご自身の不明を恥じ、正そうと心掛けていらっしゃいます。そして過失のあるなしを、感情論ではなくきちんと公正な視点で判断されています。やはりユリエル様は聖人君子であられますわ。ご立派です。

「エメライン。貴女に謝罪したい。とても不適切な話だった」

「いいえユリエル様。万が一の場合は、いずれは決断せねばならないお話でしたもの。決して不適切ではございませんわ」

「そうだとしても、まだ王太子妃として迎えていない貴女に今すべき話ではなかった。私の決意を知っていてほしいというだけの、傲慢で配慮に欠ける行いだった。本当にすまない」

「ユリエル様……」

ここは、きちんとユリエル様の謝罪をお受けすべきでしょう。それがこのお優しい方への配慮と誠意になります。

「はい、謝罪をお受けしま――」

「まだ一度たりとも貴女に子種を授けてはいないというのに、私はなんて浅はかで勝手な想《おも》いを押し付けていたのだろうか」

「……えっ？」

「いや、正確には幾度も子種は注《そそ》いでいるし、それこそ孕ませてしまいたいと何度も葛藤したが」

「え」

「婚前妊娠は貴女の醜聞になりかねないし、ウエディングドレスの採寸が狂うような真似だけは慎めと母上にも極太の釘を刺されているわけだが」

「え」

「そうだよな、葛藤の末せっかく注いだ子種を水魔法で掻《か》き出《だ》すという、実に勿体無《もったいな》い後処理を疲れて眠ってしまった貴女に施していた私が、〝もしも〟の話などどの口が言えたのか」

「え」

「ああ、母上の忠告に納得などせず、世間体など慶事で黙らせてしまえばよかったのではないだろうか。婚姻と懐妊が前後して何が悪い？　子は天からの授かりものだと言うし、それこそ授かり婚でめでたい話じゃないか」

「殿下」

「寧ろ毎夜同衾《どうきん》しておいてエメラインが懐妊しない方が問題視されるのでは？　それこそエメラインへの侮辱だ。懐妊していないのは私が毎夜子種を洗い流してしまっているからだというのに」

「殿下」

「ああもういっその事、一年後と言わず婚姻式を早めてしまおうか。ドレスはあとトレーンの刺《し》繡《しゅう》を追加して完成だと報告を受けているし、諸々《もろもろ》の準備も目処《めど》が立っている。うん、前倒しにできない理由がないな」

「殿下」

「なんだサディアス。小言なら後にしてくれ」

「本音を駄々漏れにされるのは、もうその辺りでおやめに。アークライト嬢が耐えられません」

「うん？」

皆様の視線を感じますが、正直それどころではありませんわ。

ユリエル様。な、なんて破廉恥なことを堂々と！　皆様の前で！　仰るのですか……！

それに毎夜あ、洗い、洗い流、流して、とか、わっ、わたくし初耳です!!

「――あ」

今更ながらに「しまった」とばかりに視線を逸《そ》らしておられますが、もっと早くに気づいていただきたかったです……！

もういい加減お膝からも解放してください！

# 第13章　化かし合い

「――殿下。お相手は純真無垢《むく》なアークライト嬢なんですから、手加減してください」

何とも言えない面持《おもも》ちでユリエルに苦言を呈《てい》したサディアスは、ジュリアに支えられながら真《ま》っ赤《か》な顔で退出していったエメラインを不憫《ふびん》に思った。

ふらふらと覚束《おぼつか》ない足取りだったが大丈夫だろうか。近衛《このえ》や侍女がついているのだから怪我《けが》の心配はないと思うが……。

「悪気はなかった」

「尚更《なおさら》、質《たち》が悪いじゃないですか」

まったく困った御方だ、と嘆息していると、存分にエメラインを愛《め》でて満足げだったユリエルから、唐突に柔和な顔が消《き》え失《う》せた。

「――追えたか？」

一瞥《いちべつ》を投げた先に、音もなく影が姿を現す。

「合流した従者の男が追跡阻害の魔導具を起動しましたが、問題なく。こちらの尾行にも気づいておりません」

「さすがだな。ラステーリア帝国のお家芸たる魔工学といえども、影である特殊能力者の貴公らを欺ける程の物は作れまい。特に隠密《おんみつ》性と隠蔽に特化した貴公を、玩具程度で撒《ま》けると思っているとは。我が国を舐《な》めすぎだ」

「幾度も侵略戦争を仕掛け、我が国に戦争賠償として先帝の妹姫を差し出しておきながら、未《いま》だ虎《こ》視眈々《したんたん》と狙っていますからね」

「エメラインの祖母君《そぼぎみ》だ。控えろ」

サディアスの物言いが癪《しゃく》に障った。

そのとおりなのだが、先帝の妹姫がアークライト公爵家へ輿入《こしい》れしたおかげでエメラインが生まれたのだと思うと、戦争賠償として下げ渡されたと揶揄《やゆ》されるのは、ユリエルには看過できないことだった。

粗野な先帝と本当に血縁関係にあるのかと疑問視してしまう程、エメラインの祖母は素晴らしい人格者だ。おかげで魔導具対策など、ヴェスタース王国にもたらされた恩恵は計り知れない。

エメラインの祖母は、母親から魔工学を学んだそうだ。母親はその道の専門家として研鑽《けんさん》を積んできたが、開かれた研究発表のパーティーで当時の皇帝に見初められ、後宮に入ったとされている。実際はその美しさから無理やり奪われ、鎖で繋《つな》がれるように男子禁制の後宮に閉じ込められたようだ。

生き甲斐《いがい》だった魔工学研究さえ取り上げられた母親は、やがて女児を産み、娘に可能なかぎり魔工学を叩《たた》き込《こ》んで儚《はかな》くなった。エメラインの祖母が十六歳の頃だった。

母を亡くしていよいよ生国に未練のなくなった祖母は、戦争賠償として勝国へ下げ渡される皇族に選ばれた時も、寧《むし》ろ清々《すがすが》しい気持ちで快諾したそうだ。

母の生き甲斐と自由を奪い、生涯牢獄《ろうごく》のような後宮から一切《いっさい》解放せず死なせた皇室を、エメラインの祖母は心から嫌悪している。母の遺骨どころか形見さえ持ち出せなかったことを腹立たしく思っており、里帰りと称して帝国へ渡った際、陵墓から遺品を盗み出して帰国した。それが、エメラインとジャスパーが皇太子とたった一度きり邂逅《かいこう》した理由の真相だった。

それを本人から聞いたユリエルは大笑いしたものだ。

豪快というか、大胆不敵というか、随分と思いきった行動力をお持ちだ。さすがは想像の斜め上を行くエメラインの祖母君である。

失言でしたと目礼したサディアスから視線を外し、影に続きを促《うなが》した。

「郊外の森に、騎竜が隠されておりました」

「騎竜⁉」

エゼキエルの驚愕《きょうがく》した声が響く中、同席する近衛騎士たちが鼻白む。

気位の高い竜は決して人に慣れず、どの国も飼育や調教に成功した例はない。捕獲も難しいので人工的に繁殖もできず、調教しやすい幼竜も手に入らなかった。

騎竜など実質不可能だと言われてきたが、まさか帝国が従えることに成功していたとは……。

「種類は!?　翼の皮膜に二本の流線はなかったか!?」

「はい。仰《おつしや》るとおり、両翼に二本の流線が浮かび上がっておりました」

「嘘《うそ》だろ、よりによってスカイドラゴンかよ！」

エゼキエルの苦虫を嚙《か》み潰《つぶ》したような顔に、ユリエルもサディアスも怪訝《けげん》な視線を向ける。

「スカイドラゴンだと不都合が？」

大有りですよ！　と返した後、落ち着かない様子で苛々《いらいら》と言葉を続けた。

「スカイドラゴンは空の覇者です。風魔法で飛んでいるので、梟《ふくろう》のように羽ばたく音がほとんどしません。頭上からの奇襲に最も長《た》けた竜種です。それにスカイドラゴンの扱う風魔法は種族の固有スキルなので、微弱な魔力を読むグリフィス家の人間にとっては相性最悪な相手なんです」

「それは魔力を読めない、ということか？」

「そうです。固有スキルは魔力を使いません。便宜上風魔法と言いましたが、スカイドラゴンの固有スキルはたぶん、風の精霊の使役なんです」

「風の精霊？」

かつて存在したとされる精霊は、今は御伽《おとぎ》噺《ばなし》の中にしかいない。そもそもかつてはいたとする説も、眉唾物《まゆつばもの》だと認識され始めている。ユリエルもその一人だ。

「スカイドラゴンが風の精霊を使役していると、極論とも言える論が立証されたわけではありませんが、少なくとも魔力は使っていません。あの巨体を支えるには飛膜が短いですし、どうやって飛行しているのか説明できないんですよ」

「なるほど。故に風の精霊の使役というわけか。荒唐無稽だが、否定もしきれないと」

「そういうことです」

「転移門を通らず入国した手段はそれか」

守衛に覚《さと》らせず正門を通過した、もしくは何らかの別ルートを使って王宮へ侵入した方法がまだわかっていないが、入国手段はわかった。

スカイドラゴンか、とユリエルの整った眉が中央へ寄せられる。

音もなく空から奇襲される可能性を考えて、厄介なものが入り込んでいることに苛立《いらだ》ちを覚えた。

「竜種を従えるのは容易ではない。まさか、それも魔導具か?」

是と返された答えに舌打ちしたくなった。

まったく、余計な真似《まね》ばかりする国だ。

「まずはスカイドラゴン対策だな。陛下に急ぎ謁見《えっけん》を求める。サディアス」

「準備致します」

「エゼキエルはグリフィス侯爵に協力を要請しろ。魔法師団の第三騎士団と連携して策を講じるように。私も謁見後に赴《おもむ》く」

「畏《かしこ》まりました」

「近衛は第三騎士団にその旨伝えよ」

「はっ」

それぞれが散っていく中、ユリエルは苛立ちを噛《か》み殺《ころ》す。

ハウリンド公爵に続いてラステーリア帝国が挑発的な行動に出た。揃《そろ》ったように表立ったそれらに、意図的なものを感じずにはいられない。

「ラステーリア皇太子の一行は現在どうしている？」

「影三名を張り付かせておりますが、未だ出国はしておりません。これより私も合流します」

「頼んだ。国境を越えたら引き返せ。深追いはするな」

「御意」

スッと音もなく姿を消した影を一瞥することもなく、ユリエルはサディアスの仕上げた上奏文にサインした。王太子の印章を捺印《なついん》して差し出すと、受け取ったサディアスが一礼して退出していった。

決して楽観視できる状況ではないが、皇太子がこちらを甘く見ているならば好都合だ。

舐められて面白くはないが、エメラインと国の安全が確保できるなら、侮辱程度甘受してやろうじゃないか。

別の影から「エメライン様が王太子宮の殿下の私室へと戻られました」と報告が入る。わかったと頷《うなず》けば、気配が遠退《とおの》き消え去った。

王妃から賜ったエメラインの部屋ではなく、ユリエルの部屋に戻ったのはジュリアの判断だろう。王太子の私室は、許可のない者は入れない仕組みになっているからだ。あの部屋にいるかぎり、ラステーリア皇太子が如何《いか》なる手段で王太子宮へ侵入しようとも、エメラインに会うことは叶《かな》わない。

ユリエルが側にいない今を再び狙うかもしれないと、ジュリアはそう警戒したに違いない。いい判断だ。

呼んだ従僕に謁見のための準備をさせながら、礼服である白い軍服の立襟《たちえり》の金具を留めた。

運良く現在は王国から帝国への留学生はいない。嫁《とつ》いだ者も、拉致《らち》された者もいない。

これは好機だ。

覚悟しろ、ハウリンド公爵、そしてアレクシス・テスター・ラステーリア。

——反撃の時だ。

◇◇◇

その頃、エメラインは——。

ユリエルの数々の爆弾発言に未だ身悶《みもだ》えながら、よろついて座ったソファに両手をついたまま動けずにいた。

　皇太子と遭遇したあの一瞬、密《ひそ》かにラステーリアの魔工学への憧《あこが》れを再燃させていたエメラインは、そんなことを思っていた事実さえ霧散する程の衝撃に翻弄《ほんろう》されていた。

「…………っ、……⁉　……っっ、……！　…………っっっ‼」

　声にならないか細い悲鳴を噛み殺して、広がる動揺と羞恥心に振り回されているエメラインを、ジュリアたち側仕《そばづか》えの面々は生暖かい目で見守っていた。

　それから平静を取り戻せるまでエメラインの混乱は二時間も続き、ユリエルへ面会を求めた最初の目的である『王妃教育の完了』報告を、ようやく思い出すのだった。

「こちらは前菜《アペタイザー》の候補で、右から順に『ひよこ豆のスパイスロースト』、『ケールチップス』、『レンズ豆と豆乳のクロスティーニ』、『カリフラワーのケークサレ』、『ポルチーニ茸《たけ》のディップ』、『白《しろ》胡麻《ごま》タヒニソース添えのファラフェル』となります」

王族専用居住区域にある食堂の、長テーブルの上に所狭しと並べられたセットメニューを、王宮料理長が丁寧に説明してくださいます。

アルベリート王国王弟ご夫妻《ふさい》のご訪問日を来月に控え、王宮は俄《にわか》に慌ただしくなりました。

王弟ご夫妻の歓待は王妃様から一任された大役ですので、わたくしも緊張感を持って使用人たちを監督しております。

本日はエシカルヴィーガンである妃殿下《ひでんか》をお迎えするためのおもてなし料理、ヴィーガン料理の最終確認をしています。幾度か試作を重ね、時には調味料の一部に動物性由来のものが含まれていたりなど、失敗もありました。

数々の細かい制限がある中で、料理長を始めとする料理人の皆様は本当によく尽力してくださいました。味付けや風味が単調にならないように、決して多くはないかぎられたものの中で工夫に工夫を重ね、見事な料理の数々を仕上げてみせました。我が国の王宮料理人は大変素晴らしいと、並々ならぬ努力の結晶を目の前にしてわたくしは誇らしく思います。

妃殿下にも、せっかくのご訪問なのですから美味《おい》しい料理を堪能《たんのう》していただきたい。これらの料理はきっと妃殿下も気に入ってくださるはずです。

「サラダの候補は――」

料理長の説明は続きます。

サラダ候補のひとつに、しろ物を使ったものがありました。東方より伝わったすり潰した豆を押し固めた物です。栄養価の高い食品なので、夏場など食欲が落ちた時にしろ物が入ったスープを頂くと体力も落ちません。

胃に優しいのに活力を与えてくれるなんて、さすがはヴェスタース王国より夏季の気候が厳しい東方の食べ物です。ありがたいことですわ。

「続きまして、スープの候補ですが――」

緑や赤が目に鮮やかで、どれも美味しそうです。素晴らしいですわ、料理長！　わたくし個人としましては、真《ま》っ赤《か》なビーツのハーブスープが気になります。

「こちらは主菜《アントレ》の候補となりますが、私としましては、不完全燃焼のメニューとなってしまいました」

それは仕方のないことです。本来のメインはお肉かお魚ですので、どうしても主菜が一番難しくなりますもの。

「サイドディッシュの候補は――」

料理長の説明はまだまだ続きます。

わたくしはポレンタという料理に目が行きました。ポレンタとはとうもろこしを粉末にしたもので、お粥《かゆ》のようにして食べる食品です。作る過程がとても重労働らしいのですが、わたくしは牛肉の赤ワイン煮込みと一緒に頂くのが好きですわ。

「デザートのロースイーツは――」

はしたなくもわたくし、デザートと聞いて胸が高鳴りました。コースのしめと言えばデザートです！

候補のひとつにアガーの苺《いちご》ゼリーがありました。アガーとは海藻や豆類から作られた、ゼラチンの代用品です。寒天やゼラチンより透明度が高いので、苺の赤がとても美しく映えますわね。

「お言い付けどおり、卵や乳製品、蜂蜜、砂糖も一切入っておりません。ヨーグルトも植物性のものを使用致しました。デザートはフルーツやメープルシュガーなどで甘さを出しております。砂糖と比べると、どうしても控え目な甘さになってしまいますが……」

「それは仕方ありませんわ。アルベリートの妃殿下には、寧《むし》ろ慣れ親しんだ甘さだと思います。王弟殿下も甘い物はあまりお得意ではないとお聞きしていますし、陛下やユリエル殿下もあまり好まれません。……王妃様とわたくしには、少し口寂しいかもしれませんが」

ふふ、と笑えば、料理長が「お夜食にアイスクリームをご準備しておきましょう」と微笑《ほほえ》みました。まあ、嬉《うれ》しい！

「エメライン様。お毒味は終えております」

ジュリアに首肯を返します。

料理長の説明を受けている間に、すべての料理をメイドが一口ずつ毒味したようです。

作った本人である料理長の目の前で毒味をするのは、いつも心苦しく思ってしまいます。王族は必ず毒味を終えた物しか口にしてはならないと決められているので仕方ないのですけれど、王太子ユリエル様の婚約者とはいえ、わたくしはまだ一介の公爵令嬢でしかありません。ですが王族専用居住区の使用人の皆様は、わたくしをすでに王族の一員として扱ってくださるのです。ここで毒味を固辞すれば、却《かえ》って料理人や側仕《そばづか》えの使用人たちの立場が危うくなります。

ジュリアがそれぞれの料理をワンスプーンにして差し出しました。味見ですから、すべての量を食べるわけではありません。

残りは料理人や使用人たちが食べるそうなので、一切無駄にはなりません。寧ろ縁のない正餐《せいさん》を口にできるとあって、毎回抽選会が開かれる程競争率が高いのだとか。

今回のお料理は材料に制限があるので質素だと言えますが、使用人たちにとってはご褒美なのでしょう。喜んでくれるのならば、監修したわたくしも嬉しいですわ。

そういえば、先程毒味をしてくれたメイドも、一品一品口にするたびに満面の笑みを浮かべていましたわね。頬に手を当てて、ほう、と幸せそうな溜《た》め息《いき》を吐《つ》いていました。料理長を信用しての堪能なのでしょうけれど、お毒味役としては些《いささ》か心配になります。文字どおり『毒味』なのですから、もっと警戒すべきではないかしら……。

命に関わる大変なお役目であるはずなのに、お毒味役のメイドからはお口が幸せなのだと喜びの感情しか伝わってきません。

本当に大丈夫かしら……彼女の今後がとても心配です……。

セットメニューを順番に、まずは前菜《アペタイザー》から試します。

ワンスプーンに取り分けられた料理を一品ずつ、ジュリアから手渡されるままに見た目、香り、風味を確認しながら味わっていきます。ワンスプーンといえども、前菜だけで六品。サラダ・スープ・主菜・サイドディッシュ・デザートと候補はすべて六品ずつありますので、一口ずつですが三十六品目試食することになります。

きちんと味わって判定することができるでしょうか。その前に満腹になってしまわないか、少々不安です。

……でも、同じ条件下でお毒味役のメイドはしっかり完食、そして堪能までしておりましたわよね。背丈《せたけ》や体型に差はありませんし、彼女が余程の健啖家《けんたんか》でなければ、きっとわたくしにも食べ切ることは可能なはず。わたくし、頑張るのです！

――前菜《アペタイザー》までは、それはとても美味しく頂いておりました。ですが、それが段々と、さほど大きくもないわたくしの胃の腑《いふ》を次第に圧迫するようになり、大切な試食会だというのにしっかりと味わって頂くことが難しくなってきました。

しかし、弱音は許されません。料理人の努力の結晶をおざなりに判じるなどあり得ませんもの。

わたくしは、食べても食べても差し出されるワンスプーンへ果敢に挑みました。新たなワンスプーンを差し出すたびにジュリアは申し訳なさそうな顔をします。回数を重ねれば重ねる程、咀嚼《そしゃく》から嚥下《えんか》までの時間が長くなっていますから、わたくしの胃がもう限界なのだと察しているのでしょう。やり切ってみせると伝えるように笑顔で頷《うなず》きますと、ひとつ、またひとつとさらに口へ運びます。

わたくしは頑張りました。大事なお役目のひとつなのです。疎《おろそ》かにはできません。

根性論など淑女《しゅくじょ》として褒《ほ》められたものではありませんが、何とか三十六品目すべての試食を気合で乗り切ることができました。何とか無事終えられてほっとしております。

その反面、敗北を噛《か》み締《し》めてもいました。

ハンカチを口元に宛てがったまま、同じ量を食べてもけろりとしているお毒味役のメイドを見ます。平気そうです。きっとわたくしよりも丈夫な胃をお持ちなのだわ。

気を取り直して、セットメニューの判定結果を料理長に伝えます。

前菜は『白胡麻タヒニソース添えのファラフェル』、サラダは『玉ねぎとキヌアのタブレ』、スープは『カボチャのココナッツミルクスープ』、主菜《アントレ》は『ポートベロマッシュルームのステーキ』と『舞茸《まいたけ》とズッキーニの豆乳ラザニア』、サイドディッシュは『レモンとアーモンドのリゾット』と『オリーブオイルと黒胡椒《くろこしょう》のポレンタ・フレンチフライ』の二品、デザートは『アガーの苺ゼリー』と『カカオニブのブルーベリーロータルト』の二品です。

前菜、サラダ、スープ以外は二品にして嵩増《かさま》しすることにしましょう。やはりお肉やお魚を使えない分、ボリュームに欠けます。

……いえ、わたくしには十分すぎる量ですけれど。ただ、殿方《とのがた》には物足りない量ではないかと思うのです。

王弟殿下が特別健啖家でいらっしゃるとは聞いておりませんが、わたくしなどよりはお食べになるでしょうし、特に軍に籍を置くユリエル様には絶対に足りません。

「ユリエル殿下へは、お夜食に肉料理をお出しして。軍部で日々鍛錬なさっているあの方に、ヴィーガン料理は少々エネルギー不足かもしれません」

「承知しました」

「陛下にもお夜食を。あまり胃に負担をかけない、消化の良《い》いもので作って差し上げて。そうね……陛下のお好きな鶏胸ひき肉を使った雑炊がいいわ」

「お任せください」

「それから……その」

ああ、言いづらいですわ……。

淑女として口にすべきではないというのに、けれど食材を無駄にすることだけは避けなければ。

「どうされましたか？」

「あの、ですわね……その……大変申し上げ難《にく》いのですけれど……」

「？　はい」

「本日のわたくしの夕食は、あちらのサイドディッシュ候補の『ビーツのフムスオープンサンドイッチ』だけ用意してもらえないかしら」

お腹《なか》がいっぱいで、お夕食を食べられそうにないの――恥ずかしさのあまり両手で顔を覆ったまま白状しました。満腹になるまで食べるなど淑女失格です。

羞恥心から顔を上げられないわたくしの耳に、一時してからあちらこちらで忍び笑いをする使用人たちの笑い声が聴こえてきたのでした。

は、恥ずかしいですわ……っっ。

◇◇◇

「メイクブラシはすべて人工毛、お化粧品類も容器を含めて植物や鉱物由来原料で、製造工程で動物実験が行われていない――大丈夫そうね、お肌に使用する物に不備はないわ」

食堂で淑女らしからぬ失態を演じたわたくしは、その後何とか挫《くじ》けそうになった心を立て直し、料理長へ歓待の翌日のメニューまで指示を出してからアルベリート王国の妃殿下にご使用いただく予定の客室へ足を運びました。

直接身に付けるものですので、こちらもヴィーガン料理と同等の気配りが必要です。

ドレッサーテーブルに準備された化粧品一式と、その原材料すべてが記された報告書を確認し終えると、次いで天蓋《キャノピー》ベッドの足下にあるオットマンの上に畳まれた夜衣に手を伸ばしました。

――あら、これは……。

「これはシルク？」

確認の視線を向けます。「はい」と首肯したのは、部屋を整えていたメイドの一人でした。

「アルベリートの妃殿下がお召しになる物であるとお聞きしておりましたので、最高級のものをご用意しました」

「そう。これは一般的な製造過程で作られたものかしら？」

「え？　製造過程、でございますか？」

思いもよらないことを聞かれたとばかりにメイドがパチパチと瞬きを繰り返します。

「ええ。ピースシルクやワイルドシルクならば問題ないけれど、それ以外は駄目なの」

「えっと……」

困惑気味に視線を泳がせています。製造過程やシルクそのものに種類があるとは知らなかった、ということでしょう。これは完全にこちらのミスです。

「誤解しないで。あなたを責めているわけではないの。きちんと詳細に指示しなかったわたくしの落ち度ですわ」

「えっ、そ、そんなっっ！」

「いいえ。責任者であるわたくしの采配ミスです。エシカルヴィーガンが何たるかを、まずはあなた方に説明しておくべきだったのです。ごめんなさいね」

「エメライン様……っっ」

公爵令嬢であり、王太子ユリエル様の婚約者であるわたくしが頭を下げるわけには参りませんので、言葉のみの謝罪になりますが……それも、決して褒められたことではありません。上に立つ者は簡単に自身の誤りを認め、意見を覆してはならないからです。

故に、己の言葉の重みを知っていなければなりません。自身の発した言葉や考えが、周囲に如何《いか》程《ほど》の影響を及ぼすのかを。

「まずはエシカルヴィーガンの説明から致しますわ。自然環境の保全や動物愛護を重視する、完全菜食主義者で、特にエシカルヴィーガンは生物の命を奪う行為や搾取を避けます。そのためお肉や魚介類、乳製品に卵、蜂蜜などの動物性食品を一切口にしないことはもちろん、衣服や日用品においても最も厳格に動物由来の製品を忌避する方々です」

「わぁ……随分と徹底されている方々なんですね……」

「そうなりますね。ではそれを踏まえて、皆様に質問です。エシカルヴィーガンであられるアルベリート王国の妃殿下の夜衣に、シルクは避けるべきか否か」

丁寧に畳まれている夜衣をひと撫《な》でしてから、ちらりとメイドたちを見ます。うーん、とそれぞれ唸《うな》りながら一様に首を傾《かし》げる様が面白いですわ。

わたくしは初めに「ピースシルクやワイルドシルク以外は使えない」と言っているのだから、製造工程によっては使える物と使えない物がある、が正解なのですが、どうやら覚えていないようです。

「それでは、シルクの原料である生糸《きいと》はどうやって作られているかご存じ？」

「は、はいっ。蚕《かいこ》が吐き出した、糸の塊である繭から作られていますっ」

「そうね。では索緒《さくちょ》とは何かしら？」

「サクチョ……？」

「煮繭《しゃけん》とも言うのだけれど」

「しゃ、シャケン？？？」

言われていることが何一つわからない様子で、おろおろとしています。ですが、知っておくべき教養のひとつですよ、とここで指摘するのは間違いです。

自分がたまたま知っていたからといって、相手に同等のものを知っていて当然とばかりに求めてはなりません。知識を得る環境や手段、また身に付けるべき必要な素養などは、身分によって違うのです。

王宮勤めのメイドは、貴族であったとしても生家は男爵位程度。あとは裕福な商家など、平民が大半を占めます。

王宮メイドは平民にとって花形職業のひとつで、花嫁《はなよめ》修業の一環として宮仕えすることでその経験と経歴が箔《はく》付けとなり、新たな職場、例えば貴族家のメイドとして召し抱えられることも多いと聞きます。ご当主やご子息の目に留まり、愛妾《あいしょう》に選ばれたならば、それは彼女たちにとって玉《たま》の輿《こし》に乗る好機なのだとか。

妃殿下にご使用いただく客室の担当メイドたちも、例に漏れずご実家は裕福な者も多く、より良い縁談のために箔付けになる宮仕えを決めたそうです。人事部から預かった人事考課表にそう書いてありました。努力が実ると良いですわね。

「索緒《さくちょ》、または煮繭《しゃけん》とは、文字どおり蚕の繭を煮沸することを指します」

「煮沸……」

「粘着性を持つ繊細な繭は、その性質ゆえそのままでは紡げません。煮ることで粘質成分の結合を解すのですが、通常の製造工程では、羽化する前の蚕が繭の中にいる状態で煮沸します。これは意図的な殺傷となりますので、ヴィーガンの方々の倫理に反します」

「あっ」

「ですので、妃殿下にご使用いただく素材としてはタブーとなるのです」

「申し訳ありません、考えが足りませんでした」

「その指示を出すべきわたくしが失念していたのです。互いに次からはより一層気を引き締めましょう」

「はい！」

大変素晴らしいお返事です。他の方々もこくこくと何度も頷いています。あまり頭を振りますと目眩《めまい》を起こしてしまいますから、ほどほどに、皆様ほどほどに、ですよ。

「前言したピースシルクですが、こちらは羽化した蚕が繭から出てきてから紡ぎますので、生糸製造の過程で蚕を死なせてしまう心配はありません。ただ羽化するまでに十日かかり、また繭を破って出てくるため生糸を長く紡ぐことができません。それらの理由からコストがかかり、量産も難しいので通常製造のシルクより割高となります」

低コストで大量生産といかない点が、ピースシルクの難しいところですね。

「もうひとつのワイルドシルクですが、これは家蚕糸《かさんし》ではなく野蚕糸《やさんし》ですね。野蚕や蚕以外の昆虫が作った繭から採れる糸で製造された生糸を、ワイルドシルクと呼びます。家畜化された家蚕とは違うので、まず大量生産はできません。シルクの持つ特性より上質ですが、染色できないという性質も持っています。環境負荷も考慮するならば、妃殿下にはワイルドシルクをご用意すべきかもしれません」

妃殿下は青空のような明るい青色を好まれているそうなので、染色の点だけで選ぶのならばピースシルクなのですが……保湿性や吸水性、デトックス効果など利便性の高さを考慮すると、やはりワイルドシルクの方が……。

いいえ、青を取り入れたいならばカーテンや絨毯《じゅうたん》、ベッドスローやデュベ、またはテーブルライトなどの傘や小物にすればいいのだわ。身に纏《まと》う物は着心地を重視すべきよ。長旅でお疲れのはずだもの。ぐっすりとお休みいただくために、夜衣はシルクの利点に特化したワイルドシルクにしましょう！

「決めました。夜衣はワイルドシルクにします」

「畏《かしこ》まりました。直《ただ》ちに発注致します」

「ええ、お願いね。あとは――」

オットマンから天蓋《キャノピー》の奥へ視線をずらし、綺麗《きれい》にベッドメイクされた寝具をそっと手のひらで押さえました。

ふんわりとした柔《やわ》らかさ、そしてゆっくりと、ふっくらと戻るこの中身は。

「寝具は羽毛、かしら」

「はい。羽毛……あ！　羽毛！」

そうね、羽毛は読んで字の如《ごと》し、水鳥の綿毛ですからね。これも駄目です。

しかも羽毛を取り除かれた水鳥は食肉処理されますので、搾取と殺傷の二点がエシカルヴィーガンの倫理にしっかりと触れます。もちろん殺さない、刈り取るだけの羊毛も動物由来である上に搾取に繋《つな》がるので使えません。

「カポックにしましょう。輸入品となるのでこちらは大至急発注をかけて。ああ、妃殿下がお訪ねになることも考慮して、王弟殿下にお使いいただく寝具も同じくカポックにすべきかしら。そうね、そうしましょう。カポックは二組発注で、夜衣も同様にワイルドシルクがいいわ」

「カポック、ですか。初めて耳にしますが、まずは取り急ぎ発注書を出してきます！」

わたくしのサインと王太子妃の印章で捺印《なついん》した発注書を受け取ったメイドが、客室を勢いよく飛び出していきました。

走っては駄目よ、と注意する間もありません。なんて機敏なのでしょう。思わず感心してしまいました。

先日王妃様よりお預かりした王太子妃の印章を、そっと指先でなぞります。

二対の百合《ゆり》の花が刻まれた盾を囲うように、マジョラムの冠《かんむり》が掛けられている様はとても神秘的です。

マジョラムは歴史の古いハーブで、古代ではマジョラムの冠を夫婦で被《かぶ》ると幸福が訪れるとされていました。そして百合の花は純潔と母性を表します。未来の国母であり、伴侶である王太子殿下に尽くす存在なのですから、マジョラムと百合は正しく王太子妃を象徴していると思います。

本来ならばまだわたくしに捺印する資格はないのですが、「アルベリート王国王弟殿下ご夫妻の歓待は、すでに王太子妃の役目である」との、王妃様の鶴の一声で使用できる権限が与えられました。身に余る光栄ですが、恥とならぬよう精進致します。

王妃教育の完了と共にお預けいただけた王太子妃の印章について、ユリエル様はお喜びくださると同時に「貴女《あなた》なら当然の結果だ」と、誇らしげに微笑んでくださいました。

何よりの誉れです。あの御言葉とご尊顔だけで、わたくしの十余年に渡る研鑽《けんさん》も報われました。

そしてつくづく思ったのです。わたくしがこれまで折れずに頑張ってこられましたのは、ひとえに愛するユリエル様をお支えしたい一心であったと。

本当はずっと前からお慕《した》いしていたというのに、自身の心さえ理解できていなかった事実にわたくしは唖然《あぜん》としたものです。これは敬愛であって恋情や慕情ではないと、そう思い込んでいたなんて。

言い訳になりますが、ユリエル様と初めてお会いした時は幼すぎて、慕うという感情がよくわかっていなかったのだと思います。ユリエル様に真《ま》っ直《す》ぐに、一心に注《そそ》がれます愛情を贅沢《ぜいたく》にも独り占めできている現在だからこそ気づけた想《おも》いです。

あの方の御為ならば、わたくしは仮令《たとえ》国のために人身御供《ひとみごくう》になれと命じられたとしても、笑顔で頭《こうべ》を垂《た》れることでしょう。逆にわたくしを救おうと王命に背《そむ》き無茶をなさるのではと、心配になりますが……。

——いえ。あり得ない例え話など不要ですわね。途中だった印章の話に戻りましょう。

まずは国王陛下の印章から。頭に王冠をのせ、剣を咥《くわ》えた三つ首の黄金獅子《しし》が描かれているのが国王陛下の紋章で、国章でもあります。当然のことながら、国章を扱えますのは国王陛下ただ御一人のみです。

王妃陛下の紋章は、薔薇《ばら》に覆われた盾です。国王陛下の剣と対になる護《まも》りの盾が王妃様の象徴。支え合うお二人のご関係そのもののようで、万感胸に迫るものがあります。

ユリエル様の紋章は、強さと不死を象徴する双頭の鷲《わし》です。国章に次ぐ効力を持った、王位継承権第一位を意味する王太子の紋章です。鉤爪《かぎつめ》で剣の柄を掴《つか》む双頭の鷲は、国王陛下の名代《みょうだい》を務める立場であることを表しています。

そして、王太子妃の紋章。同じく盾を頂くことから、両陛下に倣《なら》い、剣を持つ王太子殿下の対となり、伴侶を護る存在であれと示しているのでしょう。胸が熱くなると同時に、身の引き締まる思いです。

そういえばカポックの説明をしていませんでしたが、大丈夫かしら。駄目ね、もっとしっかりしなくては。

（…………。あっ、カポック）

カポックとは、農薬なしでも自生する樹木の木の実から採れる綿のことです。

使うのは木の実なので伐採する必要もなく、また綿花のように大規模農地を必要としませんので、環境負荷の問題もありません。

綿よりずっと軽く、撥水性《はっすいせい》と吸湿発熱に優れた素材であるカポックならば、エシカルヴィーガンであられる妃殿下にも、きっと気に入っていただけると思います。

ただ前言したとおり輸入品となりますので、取り扱い店舗に在庫がなければ海運で二週間弱といったところでしょうか。さすがに王弟殿下ご夫妻のご訪問日と重なることはありませんが、納品時期にあまり余裕がなくて正直少しだけ焦《あせ》っています。

シルクといい羽毛といい、わたくしはなんというミスを……。

信じてくださる王妃様のご期待に沿えるよう、そして何より、長旅を経《へ》てご来訪されるアルベリート王国の妃殿下の御為にも、快適にお過ごしいただけるよう心尽くしのおもてなしをせねばなりません。国賓の歓待は国の威信に関わります。

どう取り繕おうとも演じた失態は失態。有限である時間を無駄にしないためにも、個人でできる反省は後回しです。

「ワイルドシルクの夜衣とカポックの寝具。この二点のみ変更であとは問題ありません。ああ、妃殿下は青を好まれますので、コットンポットのみ青いガラスに替えてください。あとは透明か白を基調に。すべてを青で統一してしまうと媚《こ》びている印象になりかねませんから、差し色程度で十分です。アルベリートの妃殿下のお部屋に関しては、変更点以外はこのまま進めてください」

「承知しました」

「さて、では次へ参りましょう。王弟殿下にお使いいただく予定の客室の確認をしましたら、バス用品を調べます」

含有成分は植物性のみと依頼した化粧品一式と同じブランドを扱う商会の品なので、そちらも問題ないとは思いますが……万が一にも不備などあれば大惨事です。大丈夫だろうという希望的観測と思い込みは危険ですわ。どちらも抜かりなく、丁寧に事細かく調査しなければ。

国のため、そして何よりユリエル様のため、マジョラムと百合の花に恥じぬ働きをしてみせますわ！

## 第15章　手紙と手記とカトリーナ

両陛下とユリエル様と、贅沢《ぜいたく》にも日課となった正餐室《せいさんしつ》で共に朝食を頂いたわたくしは、移動した応接間で食後のお茶を楽しみながら暫《しば》し歓談し、お忙しい両陛下を執務へとお見送りして、そろそろユリエル様もお見送りしなければ、という時間帯になった頃、銀のトレイを持った侍従が入室してくるのを目にしました。

「手紙か？」

「はい。エメライン様に、アークライト公爵家よりお手紙が届いております」

「まあ」

毎日登城なさっているお父様やお兄様ならば訪問可否の一報を入れるはずですし、まずは王太子宮の主であるユリエル様へその旨お伝えしていないはずがありません。なのでお二人は手紙の送り主ではないでしょう。

実家を名乗るからにはアークライト家の者で間違いはないですが、お母様やお義姉様《ねえさま》であれば、ご機嫌伺《うかが》いの先触れを務める使いを数日前に立てています。こうしていきなり手紙を寄越すなどという真似《まね》は決してなさらない。

では、この手紙の送り主はいったい……？

「ああ、貴女《あなた》はまだ触れないで」

訝《いぶか》しみながらも差し出された銀のトレイへ手を伸ばそうとしたわたくしを制して、ユリエル様がさっと取り上げてしまいました。

「……ふむ。不審なものは仕込んでいないようだ。シーリングの印章もアークライト公爵家のもので間違いない」

「ゆ、ユリエル様……！」

「うん、問題ないね。開けて大丈夫だよ、エメライン」

だ、大丈夫ではありません！

もし、もし不穏な何かが仕掛けられていたならば、唯一の直系である王太子殿下こそ真っ先に触れてはならない物です！

「まずはわたくしが！　わたくしが問題ないか手に取ってからユリエル様も触れてくださいませ！

何かがあってからでは遅いのですよ⁉」

「いや逆だろう？　その場合エメラインこそ触れてはならない。貴女は私にとって唯一無二なのだといい加減自覚してほしい」

「ユリエル様こそヴェスタース王国にとって唯一無二で在られるとご自覚なさいませ！」

「それは重々承知している。貴女にとっては唯一無二ではないの？」

「わたくしにとっても唯一無二です！」

「本当？　嬉《うれ》しいな。エメラインはなかなか口にしてくれないから、ちょっとだけ寂しかったんだよね」

なんてこと……わたくしが恥ずかしがっていたせいで、ユリエル様に寂しい思いを……？

「貴女だけの男なのだと、たまにはいじらしいことを言ってほしいものだけれど」

顎を上向《うわむ》かせられ、甘い声で耳元に囁《ささや》きます。

もちろん、ユリエル様はわたくしだけの、お、お、おお、おと、おおおおおと男、なのです
……っっ。ああ無理！　無理ですわ！　こんな破廉恥なこと、口が裂けても言えません！


「エメライン？」

しっ、下唇を撫《な》でないでくださいまし！

溢《あふ》れる色気は仕舞ってください！　今は朝です！　おはようございます！

あわあわと慌てるわたくしの目に、自分は何も見ておりません、聞いてもいません、とばかりに耳を赤く染めた侍従の逸《そ》らされた横顔が映ります。そして、視線を下げた先には、手に持った銀のトレイと、その上に鎮座する件《くだん》の手紙。

「……」

ハッ！

そうです！　手紙‼

危うく誤魔化されてしまうところでしたわ！

「ユリエル様。ご自愛の程お願い申し上げます」

「おや。今日は流されてくれないのか」

「国にとって、……いいえ。わたくしにとってあなた様は掛け替えのない存在なのです。ユリエル様にもしものことがあれば、わたくしは生きていけません」

美しいアメジストの目を瞠《みは》ったユリエル様が、唐突にパシン！　と乾いた音を立てて口元を片手で覆われました。

あの、凄《すご》い音がしましたけれど、大丈夫なのですか？

さっと視線を逸らされましたが、何やら独り言を仰《おっしゃ》っておいでのようです。手のひらに遮《さえぎ》られているからか、声がくぐもっていてよく聴き取れませんけれど、所々は単語程度ですが何とか拾えます。ええと、「男前」、「口説き文句」、「心臓止まる」……え⁉　し、心臓が止まる⁉　本当に大丈夫なのですか、ユリエル様⁉

「そこの貴方《あなた》、至急侍医をお呼びして」

「私は大丈夫。必要ないよ」

ぱっとこちらを見たユリエル様の微笑《ほほえ》みに、嘘《うそ》はないように見えます。無理をしてはおられないか、ついまじまじと観察してしまいましたが、見つめれば見つめる程ユリエル様の笑みが深くなっていくのはどうしてかしら。

「本当に大丈夫だよ。ちょっと、いやかなり嬉しかっただけだから」

「嬉しい、ですか?」

「そう。エメラインが私なしでは生きていけないなんて、突然盛大にデレてくれるものだから、そのいじらしさに歓喜する心を抑えられなかった」

「デレ……」

「今日は朝から幸せだよ。もちろんいつも目覚めると腕の中に貴女がいるから毎朝幸せなんだけどね。今日は素晴らしい一日になりそうだ」

ユリエル様の仰った言葉がゆっくりと浸透して、ようやく理解の追いついたわたくしは、途端破裂音がしてもおかしくない程に顔が真《ま》っ赤《か》になりました。鏡で確認するまでもありません。

わ、わたくしは、なんて破廉恥なことを堂々と!　二人きりならまだしも、使用人たちが大勢いる場ではしたないですわ……っっ!

機嫌良くにこにこと、羞恥に身悶《みもだ》えるわたくしを暫し観察していたユリエル様でしたが、手紙を持ち込んだ侍従とは別の、ユリエル様付きの侍従から「殿下、そろそろお時間が」と促《うなが》され、銀のトレイから手紙を取ってわたくしに差し出しました。

「エメライン。この手紙は本当に大丈夫だ。私が何事もなく手にしている時点で、それは確定している」

「え？」

「私の能力のひとつだよ。貴女や私に悪意あるものは近づけない。それが物であっても同様で、人の悪意は残滓《ざんし》のように物に纏《まと》わり付《つ》き偽ることはできない。たとえすべてを他人にやらせて首謀者は一切関わらないよう対策を取っていたとしても、私のスキルは誤魔化せない」

わたくしは瞠目《どうもく》しました。ユリエル様にそのような特殊能力がおありだったとは、初めて耳にします。

「悪意でさえなければ迂回《うかい》できる、もしくは抜け穴がある、なんて考える小賢《こざか》しい輩《やから》もいるだろうが、そう思われている方が都合はいい。死角など存在しないと警戒されるよりはずっと扱いやすいからね」

使用人たちがいる場でご自身の能力を暴露して問題ないのでしょうか……不安に駆られるわたくしの心の揺れを正確に読み取ったご様子で、ユリエル様はわたくしに手紙を手渡しながら「大丈夫」と微笑みます。

「王族の私的空間、例えば正餐室や応接間《こ こ》、浴室、自室などに配置される使用人は、厳しい魔法制約が課されている。彼らは私たちについて見聞きした事を絶対に口外できない」

ユリエル様がご自身の背後にいる執務時間を告げた侍従にちらりと視線を向けますと、彼は肯定の首肯を返しました。

ね？　と微笑むユリエル様に辿々《たどたど》しく頷《うなず》いてから、渡された手紙に捺《お》された印章に視線を落とします。

代々王宮文官を務めてきたアークライト家の紋章は、勤勉と実直さを意味する赤詰草《アカツメクサ》。小さな蝶《ちょう》がたくさん寄り集まって球体になったように見える、可憐《かれん》で素朴な花序です。

その赤詰草の印章が本物そっくりに贋造《がんぞう》されてもわかるように、アークライトの人間は真作の〝欠け〟を覚えさせられます。とても小さな印なので、アークライト家の者以外で気づくことは恐らくないでしょう。王太子殿下であるユリエル様であっても、これを知る事は生涯ありません。アークライト家を出るわたくしが口外することは一生ありませんし、新たにアークライト家へ輿入《こしい》れなさったお義姉様も今は学ばれていらっしゃるでしょう。

この手紙の赤詰草には、きちんとその〝欠け〟が刻まれています。偽造された物ではなく真実アークライト公爵家から出された手紙であると、わたくしにはわかります。

「私はそろそろ王城へ向かうよ。差し支えなければ、後で内容を教えてもらえると嬉しい」

「もちろんです」

頰に挨拶のキスを受け、王城の執務室へと向かうユリエル様をお見送りします。

自室へ戻ると、花弁のひとつが逆さになっている赤詰草が象《かたど》られた封蠟《ふうろう》を中央でパキリと折りました。贋造対策のひとつで、欠けのある中央左端を隠蔽するように砕きます。

開封しますと、中には一枚の便箋。差出人は、所領にいらっしゃるお祖母様《ばあさま》でした。書かれている内容を要約しますと――。

『再三再四言いますが、あなたに魔工学は無理です』

…………。そうなのです。何度も繰り返しそう言われてきました。あなたには無理よ、と。

理論を学ぶことはできますが、それを『作る』ことはできない。そして『使う』こともできない。

魔導具は魔力を使って起動します。魔力さえあれば誰にでも使用可能なのが魔導具の利点です。

けれど、その魔力がわたくしにはまったくないのです。

ですから、どれ程魔工学に憧《あこが》れていようとも、お祖母様の仰るとおりわたくしには作ることも起動させることも実質上不可能ということです。

再燃した、魔工学への憧憬の気持ちを綴《つづ》った手紙をお祖母様に出していたことすらすっかり忘れていたわたくしは、最終通告のような返書にそっと溜《た》め息《いき》を吐《つ》きました。

分かりきったことですが、改めてばっさりと両断されると堪《こた》えますわね……。

憂鬱《ゆううつ》な視線を落としたまま読み進めておりますと、最後の行の意味がわからず首を傾《かし》げてしまいました。

『そんなにやりたいのならば、知識だけと心に刻んで解読してみなさい。わたくしの母が書《か》き遺《のこ》した手記を送ります。わたくしを含め、未《いま》だかつて誰一人として読み解けなかった未知の文字言語です。これが解読できたら、もしかしたら魔力のないあなたでも魔工学に触れることができるかもしれないわ』

どういう意味かしら？

曾祖母様《そうそぼさま》の手記、ということは、お祖母様が帝国の御陵墓から掠《かす》め取《と》ってきたという、まさかあの遺品？

訝っていると、扉を叩《たた》く軽い音がしました。

ジュリアの目配せを受けた侍女が応対します。訪問者と二言三言言葉を交わしたあと、片手で運べる程度の小さな箱を受け取りわたくしの前に置きました。

「宰相様よりお預かりした品だそうです」

「お父様が？」

わたくしは驚きました。お父様が記念日以外で贈り物だなんて、十八年娘として生きてきましたが初めてのことです。お品がここまで届いたということは、すでにユリエル様には話が通っていることになりますが……。

今朝《けさ》は何も仰っていなかったから、つい今し方ユリエル様のご許可を頂いたばかりの物なのかしら？

訝る気持ちのまま蓋《ふた》を開けますと、中には古びた飴色《あめいろ》の革張り手帳が一冊。

——あっ、曾祖母様の遺品。

魔工学について記されている貴重な手記だと覚《さと》って、心躍るまま手に取り慎重に開きました。

「……？」

図形や数字が書かれているのはわかるのですが、お祖母様のお手紙に書かれていたとおり、これは初めて目にする文字です。

これでも大陸一妃《きさき》教育の厳しい国だと言われている王太子妃の教育を受けてきた身です。課された五ヵ国語以外にも、現存する資料の少ない古語や消滅言語にも手を伸ばし学んできました。その自負がわたくしにはあります。ですが、この難解な文字はそのどれにも該当しません。

「仮に造語だとしても、普通はいずれかの言語に僅かでも類似する点が見つかるものだけれど……」

それが一切見当たらないとなれば、これは地上のどこにもルーツが存在しないということになります。そんなことは絶対にあり得ないのに。

「どういうことかしら……」

◇◇◇

あれからわたくしは、お父様経由でお祖母様からお預かりした、曾祖母様が遺された手記の解読に取り掛かりました。時間の許すかぎり、という制限は付きますが、公務の合間の休憩など、隙間《すきま》時間を利用して調べておりました。

夜、執務からお戻りになったユリエル様に、父から受け取った遺品のご報告と現物をお見せしましたが、ユリエル様でもまったく読み解けませんでした。

わたくしが嗜《たしな》んだ古語や消滅言語はかじった程度の浅識ですので、見落としの可能性は十分あります。

拙《つたな》い知識で判断など愚の骨頂。ということで、幼い頃から通い慣れている、王宮の大書庫室へ足を運んだのは翌日からです。

様々な文字言語の文献と照らし合わせて、僅かでも符合するものはないかと幾日も調べましたが、どれも空振りに終わりました。

一種の符牒《ふちょう》のようなものかしら、とも考えました。ラステーリア帝国固有のものであったり、魔工学の精通者にのみ伝わる暗号の可能性など。しかし、お祖母様にも帝国人にも読めなかったというのですから、符牒の線はまずあり得ないでしょう。

手記の至る所に貼られている、お祖母様の筆跡で添書《てんしょ》されている付箋には、様々な視点から読み解こうとした痕跡が見て取れます。

魔工学に精通しておられた曾祖母様に薫陶を受けたお祖母様でさえ解けなかったものが、その道の学のないわたくしなどに読み解けるものかしら——と弱気になったのは、大書庫室に通って二週間経《た》った頃でした。

ひと文字も成り立ちを推測できないことで焦《あせ》りが出たのだと気づけたのは、ユリエル様に「未知の言語へ踏み込んだのだから、時間がかかるのも困難であるのも仕方のないことだ」と諭《さと》されたおかげです。

今すぐ解読せねばならないわけではありません。

学ぶことはいつからでも、またいつまでもできる貴重で尊《とうと》いものです。その機会を与えられている現状はなんて幸せなのだろうと、わたくしはようやく気づくことができました。

やはりユリエル様は素晴らしい御方です。

ユリエル様のお言葉で、わたくしの狭く濁っていた視野は開けました。新緑に彩られた湖畔に吹く風のような、柔《やわ》らかく爽《さわ》やかな心地が致します。

今わたくしがすべき事は、王妃様にお任せいただけた、国賓であるアルベリート王国王弟殿下ご夫妻の歓待です。十分すぎる以上の気配りを心掛けなくてはなりません。夢見て優先順位を間違えるなど、王太子妃候補失格ですわ。ついつい溜め息が漏れてしまいます。

自室で手記と睨《にら》めっこしていたわたくしは、開いたままエンドテーブルに放置して執務席へ移動しました。休憩は終わりです。

いくつかの通達不備で、歓待経費が想定していたより予算額を少し超えてしまいました。これはわたくしの失態です。

広げたままにしていた見積書と請求書を見比べ、今度はこちらと睨めっこします。

接遇《せつぐう》費用は国費から支払われますので、民間に価格交渉などできません。大幅に不足した場合は、爵位に合わせて貴族家から寄付を募ることになります。

王家に恩を売ることができるので、上級貴族家は挙《こぞ》って大金を寄付します。あくまで善意ですが、発言権の強化には繋《つな》がってしまいます。ですから、国賓や公賓の招聘《しょうへい》接遇には予算額の中で調整できねばなりません。

今のところまだ差額は小さいですが、最悪寄付金を募った場合、真っ先に大金を支払うのは恐らく軍事を掌握《しょうあく》するハウリンド公爵家でしょう。

王家のためにも、カトリーナ様のためにも、これ以上の失敗は許されません。

接遇に関して、国賓の宿泊と午餐会《ごさんかい》は無事準備できています。

「輸入品の寝具《カポック》はまだ届いておりませんが、夜衣《ワイルドシルク》は無事搬入しておりますし、食材の確保も万全です」

後は友好親善関係の増進を図《はか》る歓迎行事ですが、こちらは外廷《がいてい》の所掌《しょしょう》ですのでユリエル様が責任者として担当されます。ユリエル様のお話では、観劇を予定されているそうです。

当然のことながら貸し切りとなりますし、随行者を含めての移動、警備など、奥向きが務めであるわたくしなどよりユリエル様のご負担は大きいものでしょう。

毎日遅くまで執務室に籠《こも》られていらっしゃいます。お疲れでしょうから、少しでも癒《い》やして差し上げられればよいのですが……。

随行員の宿泊もわたくしの担当ですので、こちらも不備なく進めています。

アレルギー体質であったり、妃殿下のように特殊な接遇が必要な方は随行員の中にはいらっしゃらないようなので、王弟殿下ご夫妻が午餐会にご出席されている間にお食事を済ませられるよう、手配は完了しています。

料理人の臨時増員も、経歴詐称など問題がないか徹底的に審査して合格した方々を採用しています。

並行して、メイドや従僕の教育も行っています。

状況を見極め即座に行動できる、そんな高度な接遇スキルを、侍女や侍従が講習者として講習会を開き、彼らに指導しているのです。メイドや従僕たちは別途セミナーを開き、受けた教えの反復練習や意見交換などを積極的に行っていると耳にしました。

意欲的に自発行動が取れることは高評価に値します。皆様の向上心に助けられていますわ。

わたくしももっと努力しなければ！　と、触発され意気込んでおりますと、侍女がユリエル様の訪れを伝えました。

「まあ。こんな時間帯に？」

先程休憩を兼ねて軽食を頂いたばかりですので、まだ正午を過ぎてさほど時間は経過していないと思いますが……。

お昼を召し上がる時間もないとお聞きしておりましたのに、何かあったのでしょうか。

心配になってお出迎えしようと席を立つと、すぐさまユリエル様が颯爽《さっそう》と現れました。

「ユリエル様」

「ああ、挨拶はいい。食事は済んだか？」

「はい。軽食ですが、頂きました。ユリエル様はお食べになられたのですか？」

「私も軽食だが、一応は腹に入れているから心配いらないよ」

それよりも、と心配のあまり眉尻の下がったわたくしの眉に触れながら、ユリエル様は微笑んでお話をされます。

何かしら？　随分とご機嫌でいらっしゃるわ。

「数日前にダニング嬢から手紙が届いていただろう？」

「はい。逓信院《ていしんいん》から回された、正式なお手紙でした」

「くくっ。普段の彼女からは想像できない行動だよね。まあ入れ知恵したのが誰なのかは予想がつくけど」

例えば血のように赤い目をした騎士とか――具体的な続く言葉には、わかりやすい程に面白がっている気色が窺《うかが》えます。

「直接私に送るとダニング男爵家やハウリンド公爵家に口実を与えてしまうからと、エメライン宛で貴女経由で私の手に渡るよう小細工をしていた。ダニング嬢が希望した面会に私が指定した日が今日だったわけだけど、どうせ小細工するならエメラインの部屋で面会しようと思ってね」

「まあ。なるほど。ではわたくしも臨席させていただけますのね」

「寧《むし》ろ貴女にも同席願いたい。急な申し出ですまないが、もうそろそろ着く頃だ。構わないだろうか」

「もちろんです。準備させますわ」

目配せするまでもなく、目礼したジュリアを筆頭に侍女やメイドたちが慌ただしく準備を始めます。

執務席の書面は手早くまとめられ、鍵付きの引き出しに収納されました。

そうね、国へ招聘した他国の王族に関する書面ですから、目に付くような場所に放置しておくわけにはいきません。

「ダニング嬢と共に訪れる近衛《このえ》騎士を紹介したい。エメラインが幼い頃からずっと貴女を守ってきた男だ。今まで一度も姿を見せていないからエメラインは初対面となるが、彼は貴女の成長を一番近くで見守ってきた。会ってやってほしい」

「わたくしを、ずっと……？　それは大変な任務でしたでしょう。わかりました。是非ご挨拶させてくださいませ」

どんな方かしら、とほんのり温かくなった胸に手を当てて思いを馳《は》せておりますと、エンドテーブルに置きっ放しにしていた曾祖母様の手記をユリエル様が手にされました。

「また解読の続きをしていたの？　頑張るエメラインも素敵だけど、無理だけはしないでね。休憩時間はきちんと休んでほしい」

「はい。ユリエル様のお言葉に従います」

ゆっくりでいいのだと、急ぐ必要はないと気づいたばかりなので、心配してくださるユリエル様に感謝して微笑みました。

「ダニング男爵令嬢がいらっしゃいました」

「お通しして」

通されたカトリーナ様が、わたくしの姿を認めてパッと笑みを浮かべられました。本当に愛らしい方です。

ふと、その後ろから続いて入られた近衛騎士に目が釘付《くぎづ》けになりました。

――血のように赤い目をした騎士。では、この方が。

彼もわたくしと視線が合いますと、僅かばかり瞠目しました。すぐさまはにかむように目礼して、その場に跪《ひざまず》きます。


「――エメライン様……」

感無量とばかりに声が震えておられます。つられてわたくしもふるりと肩が震えます。

この美丈夫な方が、ずっとわたくしをお守りくださっていたのね。

卒業パーティーで知った、幾度も差し向けられていたという暗殺者。その事実を狙われた本人が一切認識していなかったのも、すべてこの方が水面下で阻止してくださっていたから、なのですね。

今日のわたくしがあるのは貴方のおかげです。感謝してもしきれませんわ。

御礼《おれい》を申し上げようと一歩踏み出した、露の間。

カトリーナ様が発したお言葉で、わたくしの意識は一瞬でそちらに向いてしまいました。

「…………えっ。え⁉　何で⁉　日本語⁉」

◆◆◆

急遽《きゅうきょ》父親にダニング家へ呼び戻された一件以来、考えていることがある。

このまま毒親の下にいれば、私はいずれダニング男爵家にとって〝お金〟になる縁談、もしくは養子縁組か何かで売られてしまうだろう。これは聖女的な予感とか予知とか、そんな特別な話じゃなくて、あの毒親ならやるだろうという経験則だ。

レイフ様にどうにか男爵家から逃れたいと相談したら、貴族籍に未練はないかと問われた。

元々平民で孤児院育ちだし、付け焼き刃の淑女《しゅくじょ》教育も本当に嫌いだったから、寧ろ柵《しがらみ》から解放されて嬉しいだけ。前世でも一般人だったし、庶民最高じゃない。

ただひとつ気掛かりなのは、子爵様であるレイフ様と縁付く可能性が今以上になくなってしまうということだけど……。

ならばひとつ、手がないわけじゃない――そう告げられた続く言葉に、私は一も二もなく頷いた。

レイフ様の指示どおりにエメライン様へ手紙を書き、逓信院とかいうよくわからない部署へ提出した。ここを通すと正式に出された書簡として登録され、記録に残る。逓信院に記録された物は魔導具の刻印で保護されるから、封印を施した封蠟を開封して中身を盗み見ることは実質不可能になる、とか何かいろいろ説明されたけど、大半が理解できなかった。

まあ要約すると、安全で確実にエメライン様に届くから、当然の如《ごと》くエメライン様経由で王太子殿下の耳にも入る、ということらしい。たぶん。違ってたらどうしよう。

レイフ様の言うとおりに、一言一句違《たが》えず書き記した翌日には、王太子殿下直筆の封書がレイフ様から手渡された。

了承と指定された日時だけが書かれた、実にシンプルな文面だった。エメライン様の私室で会談することになってるけど、エメライン様も出席されるのかな？　エメライン様のお部屋だし、当然いらっしゃるよね？

どうなんだろう、いてほしいな。病んでる王太子と対面してどっと疲れるくらいなら、せめて癒やしが欲しい。そんなことを願いつつレイフ様に手紙を差し出すと、文面を目で追ったレイフ様がピシリと固まった。

えっ。なに。どこの文章で固まったの。

本当に事務的なことしか書かれていないのに、思考停止するような爆弾発言あった？

その疑問の答えは、指定された日時にエメライン様のお部屋へ赴《おもむ》いた時に判明した。


「――エメライン様……」

感無量とばかりに声が震えるレイフ様は、恭しくエメライン様へ頭《こうべ》を垂《た》れて跪いた。

はにかむレイフ様とか眼福すぎる。

え、何これ。跪くとか騎士様ステキ。写真撮りたい。誰か発明してよ。

ふるりと肩を震わせ一歩踏み出したエメライン様と、姫に仕える麗《うるわ》しき騎士様のスチル。ご馳走《ちそう》さまです。身の程知らずなことを言っていいなら、レイフ様、そのはにかみ私にもください。

はう、とうっとり感嘆の溜め息を零《こぼ》していると、近くで舌打ちが聞こえた。

まあ見なくともわかりますけどね。どうせエメライン様関連だと途端に狭量が過ぎる王太子サマ辺りでしょ。

せっかくの美しいシチュエーションの邪魔はしないでもらえませんかね、とばかりに白い目を王太子殿下へ向けると、案の定見ちゃいけない昏《くら》く淀《よど》んだ目をしてレイフ様を射殺す勢いで睨んでいた。

……学園の頃の爽やか王子はどこへ行った。こっちが本性か。

これ以上は私も目が淀みそうだと、見ちゃいけないものから視線を逸らす。どうせなら美しいものを見ていたい。

二人に視線を戻そうとして、ふと、王太子殿下が手に持っている古い手帳が目についた。

普通の、どこにでもありそうな革張りの手帳だ。特別目を惹《ひ》く装丁をしているだとか、高級そうだとか、そんな感じでもない。まあ本革はあっちの世界でもいいお値段がするものだけど。

そういう見た目の話じゃなくて、なんていうか、懐かしい気持ちになった、というか。

（……うん？）

ちょっと失礼して覗《のぞ》かせてもらいますからね、王太子殿下。逆さまだからよく見えないんだよね。いや見ちゃいけないんだろうけど、本当は。

でも、何か気になる。すごく気になる。

好奇心と焦燥感を綯《な》い交《ま》ぜにした奇妙な感覚に突き動かされるように、不敬ながらも背後から王太子殿下の手許《てもと》を覗《のぞ》き込《こ》んだ。――露の間。

「…………えっ。え⁉　何で⁉　日本語⁉」

どういうこと⁉

つい上げてしまった大声にすら気づかず、私は転生して初めて目にした懐かしい文字を食い入るように見た。

え。どうなってるの。日本語？　日本語表記の手帳を何で王太子が持ってるの？　転生者が他にもいる？

今までの言動から王太子がそうだとは思えない。じゃあ誰？　王太子の近くにいる誰か？

フランクリン様もグリフィス様も当然違うし、シルヴィア様もセラフィーナ様も違う。もちろんレイフ様だって違う。エメライン様も違うって断言できるし、私が知るかぎりでは王太子殿下やエメライン様の周辺にいる人物で該当しそうな怪しい人はいない。

誰なの。まさか前の私みたいに、ここをゲームの世界だと思い込んでシナリオを進めようとしたり、逆に自分の都合のいいようにイベント起こそうとしたりとか、引《ひ》っ掻《か》き回《まわ》すような真似はしていないでしょうね⁉

何でそんな不穏な物を王太子が持ってるのよ！

「ダニング嬢。君はここに書かれているものが読めるのか？」

王太子殿下の怪訝《けげん》な声で我に返った。

はっと視線を上げると、王太子殿下は発した声音と寸分違わずの怪訝な視線で見下ろしている。

レイフ様に歩み寄ろうとしていたエメライン様も、宝石のように美しい目を零れんばかりに見開いているし、レイフ様も跪いたまま王太子殿下と同じ目で私を見ている。

ああ、しまった！

せっかくの美しいシチュエーションを、私自らブチ壊してしまった！　なんて勿体無《もったいな》い!!

レイフ様にとって重要な初対面シーンなのに、私の馬鹿バカ馬鹿!!

「カトリーナ様、その文字をご存じなのですか？　それはわたくしの曾祖母が生前書かれた手記なのです。誰にも読み解けなかった未知の言語文字を、もし解読できますならご教授いただきとうございます」

期待に満ちた表情でエメライン様がこちらへ歩み寄られ、キュッと私の両手を摑《つか》んだ。

頰を紅潮させて、マーキュリーミストトパーズの瞳をキラキラと輝かせている。まるで恋する乙女《おとめ》のよう。

うっわメチャクチャ可愛《かわい》い。誰よ悪役令嬢なんて言ったの。寧ろヒロインじゃない。こんなキラキラ私には逆立ちしたって出せないわよ。

……王太子殿下。エメライン様を物凄《ものすご》く愛おしく思っていらっしゃるのはよくわかっていますから、同性の私にまで射殺すような眼光で圧を掛けてこないでくださいます？　ちょっとくらい愛《め》でてもいいじゃないですか。

「エメライン。とりあえずそれは後回しにして、まずは彼を紹介させてくれ。ダニング嬢も適宜《てきぎ》対応するように」

状況に応じて相応《ふさわ》しい行動を取れと、そういうことですね。了解です。私としてもレイフ様の邪魔をしてしまった挽回《ばんかい》はさせてほしいです。

あ～でも日本語のこと、なんて説明しよう……。

誰にも解読できなかったものを何で知ってるのか、どこで知ったのか追及されても答えようがないんだけど。この後の王太子殿下からの尋問がめちゃくちゃ怖い……。

「彼はレイフ・アーミテイジ子爵。白の軍服から近衛騎士だとわかるだろうけど、彼は最年少で王家の影になった逸材でもあるんだ。貴女が私の婚約者になって二年後に、陛下により貴女の護衛に抜擢《ばってき》された。貴女を守るという偉業を何度も成し遂げた、稀有《けう》な男だよ」

まあ、と驚き、口元を手で覆ったエメライン様が、申し訳なさそうに眉尻を下げる。

エメライン様。レイフ様の武勇伝なら私がいくらでも語って差し上げますよ！

寧ろ語らせてください！

「アーミテイジ様。先程は失礼致しました。非礼をお詫《わ》び申し上げます」

「……っっ、おやめください！　あなた様が私などに頭を下げるなど！」

「いいえ。ユリエル様がこれ程信頼されている方なのです。礼を欠いた謝罪はさせてください」

「そのような……っ」

「そして、ずっとわたくしの護衛をしてくださっていたこと、情けなくもつい最近ユリエル様からお聞きして知ったばかりなのです。今までお守りくださいましたこと、心より感謝申し上げますわ。本当にありがとう存じます。今のわたくしがありますのは、アーミテイジ様のおかげです」

「エメライン様……！」

ああ、いい！　すごくいい！

感動を堪《こら》え、込み上げるものをぐっと抑え込むレイフ様の色気が半端ない！　二度目のおかわりご馳走さまです！

「私は当然のことをしたまで。御礼を頂けるなどとんでもないことでございます。私の忠誠は十年前より王太子殿下へ捧《ささ》げております。殿下の私兵の一人として、これからもエメライン様をお守り致します」

エメライン様のドレスの裾《すそ》に誓いのキスをするレイフ様……ああ、素敵。どうしよう、大声出して城内を走り回りたい。レイフ様がどんなに尊いか叫びたい。

「やりすぎだ、アーミテイジ卿《きょう》」

台なしです。王太子殿下。そしてやっぱり狭量。

私の感動を今すぐ返して。

◇◇◇

「座ってくれ。まずはダニング嬢の希望を形にしたい」

王太子殿下に促され、私はエメライン様と、隣に腰掛けた王太子殿下と対面に位置するソファに

座った。

「アーミテイジ卿。貴殿も座れ」

「いえ、私は」

「込み入った話になるのだから、座ってくれ。そもそも貴殿が提案したことだろう。ダニング嬢に思いつくことではないと私は認識しているが？」

「――は。承知しました」

僅かに葛藤を見せたレイフ様が、主命とあっては断りきれず恐縮しながら一人掛けソファに座った。

私の隣が空いてますよ！　とばかりにポンポンと座面を叩いてみたけど、案の定レイフ様は見向きもせず迷いなく一人掛けソファを選んだ。

わかってたけど、ちょっとだけ寂しい。ほんの少しでいいから、ちらりと視線を寄越すくらいはしてほしかった。そんな期待感ゼロを貫き通す容赦ないレイフ様も大好きだけど！

あと王太子殿下。わざわざ「用意周到で堅実的な手段など、絞り出せるような頭の持ち合わせはない」と解釈できる言い方をしなくてもいいじゃないですか。それも本人の目の前で堂々と。

そのとおりですけど、なんか釈然としない。

「ユリエル様。そのような物言いでは誤解を生みます。カトリーナ様に失礼ですわ」

いつも御心の優しいユリエル様らしくありません――続けてそう言ったエメライン様に、王太子殿下は「そうだね。配慮に欠けていた」と殊勝な面持《おもも》ちで返してるけど……エメライン様。卒業前に取り引きして以来、この方ずっとこんな感じですよ。騙《だま》されないで！

「エメライン宛に偽装するだけじゃなく、逓信院を通すとはよく考えついた。さすがアーミテイジ卿だ。これでダニング男爵とハウリンド公爵の裏をかける」

「恐れ入ります。ダニング男爵とその夫人は見たままの小物ですが、ハウリンド公爵家の手の者が紛れ込んでおりましたので、このような形を取らせていただきました」

「ああ、報告にあった下男か」

配慮に欠けたって言いながら、私に謝罪することなく話を進めるんですね。

配慮って、エメライン様の御心への配慮ってことですよね。いや別にいいんですけど。

今更学園の頃のような爽やか王子仕様で対応されても気色悪いだけですし。

いや〜、あの頃の私って、よくこの方の腕に抱きついたりうっとりと甘えたり、先回りして偶然を装って会いに行ったりなんて恐ろしい真似ができたわねぇ……。無知と無謀ってある意味無敵なんじゃないの。聖女の肩書きに救われただけだろうけど、すっごい綱渡りだったんだなって今ならよくわかる。

身分と権力もだけど、性格的にも腹黒いこのカメレオン王太子は、絶対敵に回しちゃいけない要注意人物で間違いないわね。

それよりも、ハウリンド公爵家の手の者って何の話？　下男、ってあのいけ好かない糸目の男？

「身分不相応な物言いはさて置き、雑輩《ざっぱい》だと思わせる、意識の端にもかからないような風貌の男なのですが、それこそが不自然極まりないのだとより注視しておりましたところ、雇用主であるはずのダニング男爵とは別に、定期的に報告している先がございました」

「それがハウリンド公爵家だったというわけだな」

「は。現在六人体制で下男とハウリンド公爵家を常時見張らせております」

「しばらく泳がせろ。ハウリンド公爵の他にも繋がっている者がいるかもしれない」

「御意」

……え。何この会話。ハウリンド公爵家って、まったく知らされてないんだけど。ハウリンド公爵家って、何の公爵家？　系譜とか派閥《はばつ》とか知らないから何の話かさっぱりだわ。

まさか孤児院から私を呼び戻したあの一件は、そのハウリンド公爵家が関係してるわけ？　糸目陰険男が手引きして？　たかが男爵家に、王家の目を掻《か》い潜《くぐ》ってまで？　何のために？？？

駄目だ、全っっっ然わかんない。

「ダニング嬢。貴女はまだ知らされていないかもしれないが、現在王太子妃候補にダニング嬢の名が上がっている」

「はあ!?　なっ、何で!?」

「我が国にとって聖女とは、それだけ無視できない存在だということだ。娘のいないハウリンド公爵家は聖女である貴女を養女として迎え、王太子妃候補に捻《ね》じ込《こ》む腹積もりらしい」

「いやいやいやいやいや！　前提がおかしいです！　元平民の最下級貴族の娘がそれだけの理由で王太

子妃候補って何ですかその暴挙！　前にも言いましたけど、聖女の肩書きも擬《まが》い物《もの》なんですって！」

「だが予見力があったことは事実だ」

「いやそれも予見とかじゃなくて、単なる予備知識っていうか……うう、ああもう何かいろいろと腹括《くく》らなきゃ駄目な気がしてきた。例の手帳の件に関わることなので、後で改めてお話ししますので今は割愛しますけど。本当に！　私先読みなんてできないし聖女じゃないんで！」

王太子妃とか冗談じゃない！

ダニング男爵家の突貫淑女教育でさえ吐きそうだったのに、妃教育とか無理！

何より王太子殿下が無理！

私にはレイフ様がいますから！　拒絶されてますけど！　絶対諦めないし！

「手帳……なるほど。貴女にはまだ秘密があるようだな。では予見と聖女については一旦置いておこう」

見逃しはしないと言外に匂わせて、王太子殿下は微笑んだ。だから尋問怖いってば！

「書面で希望は聞いているが、改めてダニング嬢に問う。男爵令嬢の身分を捨てる覚悟はあるか」

「あります」

「貴女はすでに成人しているから、親の承諾なしに父親の貴族籍を抜け、姓と身分を捨てることができる。平民に戻ることになるが、それも承諾するか」

「願ったり叶《かな》ったりです」

「よろしい。ではその後の話をしようか」

その後とは、平民に戻ったあとの、ダニング男爵家と恐らく関与してくるだろうハウリンド公爵家対策についてということだろう。

公爵家に入るつもりは毛頭ないし、王太子妃候補なんて以《もっ》ての外《ほか》だから、ここからが私にとって最も重要な話だ。

「連れ戻しの強制と脅迫を封じるため、後宮に籍を移す」

「えっ、こ、後宮？」

後宮に籍を移すってどういう意味？

側妃とか、心底お断りしたいんですけど⁉

「後宮の主に生涯仕えるため、その籍を後宮預かりとする、ということだ。仕える主の持ち物として登録されるから、後宮に籍を置いた者に主以外の者が命じる権限はない。この場合の〝主〟とはエメラインになる。ここまではいいだろうか？」

ああ、なるほど。王太子妃に封じられることが確定しているエメライン様の〝持ち物〟として後宮に登録されるから、実父や上位貴族であっても手出し不可になるってことですね。〝持ち物〟って表現にちょっと思うところがあるけど、毒親と縁が切れるなら構わない。

たぶん立場はメイドだよね？　ダニング男爵家でもメイドの世話になったことがないからメイド

喫茶のイメージしかないけど、絶対それじゃないことだけはわかる。

上手《うま》くやれるか自信ないけど、エメライン様の側にいられるならそれはそれで楽しそう。見ていて飽きないっていうか。

——それに気になることもあるし、側にいる大義名分を貰《もら》えるなら渡りに船ってやつよね。

「一度後宮に籍を移すと生家には二度と戻れないことを、決断する前に念頭に置いてもらいたい。取り消しはできない」

「構いません。愛着の欠片《かけら》もないダニング家や知らない貴族家の駒にされるくらいなら、私は私のままでいられる道を選びます。それに何より、平民上がりを王太子妃候補になんて大それた野心を抱く身の程知らずな者たちにとって、王太子妃に確定しているエメライン様付きのメイドとして私が後宮預かりとなることは、最っっ高に皮肉が効いてると思いません？」

どうやら私の返答がお気に召したようで、王太子殿下の口角が上がった。

うっわぁ～……めちゃくちゃ悪い顔してるわぁ……。

隣にエメライン様がいるけど、その顔は見せてもいい顔なの。

「いいね。気骨稜稜《きこつりょうりょう》としていて実に後宮使用人向きだ。歓迎するよ、ダニング嬢。エメライン、貴女も異論はないだろうか？」

それまでずっと口を挟まず耳を傾けていたエメライン様が、まるで心の奥底まで覗き込むような澄んだ瞳でじっと私を見つめてきた。

「カトリーナ様。ひとつだけ、お尋ね致します」

「は、はい」

「その道を選ぶことで、あなたは幸せになれますか」

「……っ！」

驚いた。完全に想定外の質問だ。

学園で嫌な態度ばかり取っていた私の幸せなんて、エメライン様には何の関係もないはずなのに。

「カトリーナ様の想《おも》いを遂げる妨げにはなりませんか」

想いを遂げる……それは、レイフ様への恋心ってこと……よね？

質問はひとつじゃなかったのとか、でも意図は同じかとか、そんなことが頭を過ったけど、ついちらりとレイフ様に視線を向けそうになって、既《すんで》の所で思い留まった。

あ、危ない……！　一度孤児院で気持ちを伝えたけど、魔物騒動やら氷魔法の発現やらで有耶無《うやむ》耶《や》になったままだったから、あれ以来何となくぐいぐいいけなくなったというか、レイフ様自身がその話題を避けてるっていうか、拒絶反応が凄いというか……。

とにかく、築かれた壁を無遠慮に破壊して好き好き攻撃を繰り返していたら、きっと今以上に距離を置かれてしまう。それだけは嫌！

「可能性は、あると思いたいです。少なくとも今よりは、猶予《ゆうよ》と環境を手にできると期待しています」

「……そうですか。カトリーナ様が手許にあるカードの最善を選ばれたのならば、わたくしから重ねて申し上げることはありません。わたくしも心より歓迎致しますわ。そしてあなたの身と立場を守り、カトリーナ様の望まれる幸福を共に願いましょう」

ああ、人の上に立つべき資質って、エメライン様のような気性を指すんだろうな。

常に穏やかで冷静で、たとえ自身のことで反論や批判の声が上がっても俯瞰《ふかん》して状況を把握し、感情論で物事を見ない。

この方に仕える人生なら、それはとても幸せで尊いものかもしれない。

それに、シナリオに関することで今後エメライン様の助けになれる気がする。「バッドエンド絶対回避！」だ。

「ありがとうございます。よろしくお願いします！」

# あとがき

数ある本の中から、本作品をお手にとっていただき、ありがとうございます。はじめまして、淡《あわ》雪《ゆき》と申します。

講談社様より書籍化とコミカライズのお話をいただいた時、喜びより先に「え、ガチで？」と戸惑いの方が大きかったです。もとは『小説家になろう』で全十二話の短編だったものですが、続きが読みたいと読者様のあたたかなお声に励まされ、第二部へと物語を進めています。そんな拙作が書籍化とコミカライズ！　こうしてあとがきを書いている段階でようやく「マジか……」と実感中です（遅い）。

イラストを描いてくださったＴＣＢ様のカラーとモノクロ画が本当に美しくて、イラストを拝見しながら、続きを妄想、もとい想像して筆が進みます。絵の力ってすごい。

キャラデザインとして主要メンバーの制服姿、その一覧をいただいていたんです。それもカラーで！　女子生徒は同色のケープを羽織っているのに、それをお見せできないのが残念で仕方ありません。でも眼福でした！　小説ではエメラインとユリエル殿下の他は髪と瞳の色だけで、あとは詳細な情報がないにもかかわらず、素敵な美男美女に仕上げてくださって本当に感謝しております。

コミカライズを担当してくださる方のネームも拝見しましたが、漫画ならではの表現力にただただ感動の連続でした。魅力満載に描いてくださってありがとうございます。

ネームだけでも美しい。そしてユリエル殿下の色気が半端ない！　ラブシーンなんて「キャー」とか言いながら指の間からガン見するくらい色っぽくて、これに毎夜晒されるエメラインが不憫に思えます。だから日中くらいはエメラインに振り回されても仕方ないと思うんです。全面的に色気だだ洩れのユリエル殿下が悪いと思う。

余談ですが、仲良くしてくださっている方との間でユリエル殿下は「ハト殿下」と呼ばれています。はい、お察しのとおり、彼の髪色がダブグレーだからです。ダブとは日本語で鳩のこと。つまりは鳩羽色《はとばいろ》。紫っぽい灰色。うん、まごうことなきハト殿下ですね！　大変気に入っております。名付けてくれてありがとう。さすがのネーミングセンス。秀逸すぎる。

最後に、カメの歩みたる連載時から呆れず読んでくださっている皆様、本作品をお手にとってくださった皆様、出版にあたりご尽力いただきました皆様、そして、機械音痴で右往左往する淡雪に根気強く指導、相談に乗ってくださった担当編集者様に心からの御礼を申し上げます。本当にありがとうございました。またお会いできることを願って。

Kラノベブックスf

悪《あく》役《やく》令《れい》嬢《じょう》だと言《い》われたので、
殿《でん》下《か》のために婚《こん》約《やく》解《かい》消《しょう》を目《め》指《ざ》します！

淡《あわ》雪《ゆき》

2025年2月26日第1刷発行

| | |
|---|---|
| 発行者 | 安永尚人 |
| 発行所 | 株式会社 講談社<br>〒112-8001　東京都文京区音羽2-12-21 |
| 電　話 | 出版　(03)5395-3715<br>販売　(03)5395-3608<br>業務　(03)5395-3603 |
| デザイン | 寺田鷹樹（GROFAL） |
| 本文データ制作 | 講談社デジタル製作 |
| 印刷所 | 株式会社ＫＰＳプロダクツ |
| 製本所 | 株式会社フォーネット社 |

KODANSHA



ISBN978-4-06-538260-8　N.D.C.913　309p　19cm
定価はカバーに表示してあります


ファンレター、
作品のご感想を
お待ちしています。

あて先
〒112-8001　東京都文京区音羽2-12-21
（株）講談社　ライトノベル出版部 気付
「淡雪先生」係
「TCB先生」係

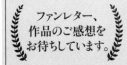

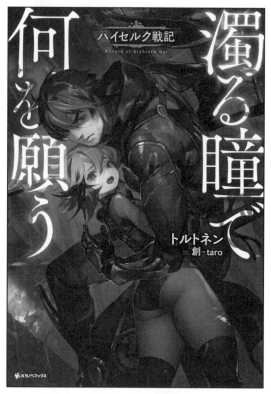